vol.2

目錄

晚安，再見

文・劉梓潔

1. 睡眠衛生習慣

王聖明在睡眠一事上可謂滿級分好學生，不，正確的說應該是資優生，天賦優異的那種。據說她原本也不是這麼在意的，是大學時在排版印刷行打工接聽打，接到了一個醫生談對抗失眠的演講，打滿一張A4工資一百七十元，那份工作為她賺進幾千塊錢，外加一輩子不失眠。

聖明從此把演講錄音中不斷出現的專有名詞「睡眠衛生習慣」掛在嘴邊，有衛生的表現包含作息規律且正常、固定時間就寢和起床、睡覺時燈全關、不到睡覺時間不躺床、沒洗澡不躺床、不在床上做睡眠以外的事等等，那些生理時鐘錯亂、沒事就要到床上滾一滾、電腦和滷味炸雞都帶上床的人，在她眼中都成了沒衛生的人。她說只是聽或讀絕對不會造成這麼大的影響，但她是用自然注音輸入法一個字一個字打進去，雖然是別人的專業，但她像播種一樣地種到空白的Word檔裡，通過指腹又傳回全身，身體力行，二十歲就建立堅不可摧的睡眠衛生習慣。

晚上十二點前睡，早上八點前起，每天睡滿八小時。據說頭碰到枕頭之後可以秒睡，一分鐘便可發出深長平穩的呼吸，不易被吵醒，也從不打呼。

但品儀不屬於這類人，或者說更像一般正常人，工作玩耍追劇網購聊天一起勁了，能多晚睡就多晚睡，多晚起就多晚起，睡不飽就找時間補眠。然而他們的夫妻生活仍契合融洽。他們兩人大部分時間都在家工作，聖明很習慣一個人早起喝咖啡吃早餐，不管品儀幾點起床，她一定從電腦前站起來，為他倒一杯咖啡煎一顆蛋，切兩三樣水果裝在小碟子裡，鋪好餐墊，擺好大小叉子。

「她是那種——我是這樣，但你不一定要這樣——的人。」品儀說，他們還是一直都睡同一張床，就算他沒洗澡就往床上一躺，聖明也只是笑一笑說：「你這個沒衛生的。」

他們二十歲大三開始同居，也就是聖明建立起睡眠衛生習慣的那一年。畢業後聖明先去東京讀了語言學校，品儀當完兩年兵，也去了日本，明明日文還零零落落也考過了N1，申請上研究所，兩人又一起在日本讀書兼流浪了十二年，品儀讀博士班前兩人先回台灣登記結婚好申請夫婦寮。扣掉當兵沒睡在一起的兩年，這兩人四十五年的生命中有二十三年睡在一起。無論是好是壞，是富貴是貧賤，是健康是疾病，是成功是失敗，是顛沛流離是安居樂業。雖然幾乎沒有同時入睡同時醒來過，但就是扎扎實實的二十三年。

他們曾經想列出所有一起睡過的床，但實在太多了，怎麼樣都列不齊全。特別是在路上那些火車臥鋪、青年旅館雙人床、日本溫泉旅館榻榻米和小小一張床的站前商務旅館，實在多到數不清楚。唯一彼此確認了千百次總不會出錯的是，他們的第一次，發生在男十六舍的上鋪。

上世紀九〇年代末，不知怎的，國立大學註冊組與生輔組判斷大一新生性別的依據，不是體檢，而是姓名。王聖明被分到男生宿舍，林品儀被分到女生宿舍，兩人被叫到生輔組直接互換床位，至於學生證上的性別錯置，因為重發很麻煩，也就那樣吧，反正照片總認得出來。王聖明長髮披肩綠制服的高中畢業照佐性別男，林品儀三分平頭佐性別女，但不知怎的，他們上大學後髮型就漸漸往被錯認的性別去，聖明沒再留過一天長髮，而品儀則任他的自然卷澎亂至齊肩。

系內必修課老師點名時也總把兩人性別搞錯，後來這兩個被邊緣化的人乾脆在所有課都在同一組，與其他四五人一組的同學負擔一樣的報告量，書面或課堂報告都他們最高分，書卷獎就兩人輪流拿。以至於大二下兩人順理成章成為男女朋友，和其他人似是兩個世界，卻沒人稱他們為「班對」，因為感覺他們根本像是另起一班。大學四年到底獲得什麼？好像也就只有彼此了。

結束日本從東京到北海道的漂浪回到台灣，兩人都沒完成博士學位，品儀只能這兒寫稿那兒策展，聖明更是認份地從日本戰國史就讀這一本到怦然心動的園藝綠手指等翻譯書都接。他們看著當年那些比他們更混更不成材的大學同學們陸續成為主播、教授和立委，好像也沒什麼不平衡，至少他們一直都擁有彼此，從一而終。

品儀回台後在報紙和雜誌專欄寫了好些影評，受邀到大學兼課，誤打誤撞發現自己原來喜歡教書，也糊裡糊塗每學期都榮登教學評鑑優良教師，有意識或無意識地，開始經營起「受歡迎的老師」的形象，私下約學生喝咖啡請學生吃飯，也約學生來家裡聚餐。

他們家的長桌可以坐滿十來個學生，聖明總是坐在離廚房吧台最近的那個角落位置，以便隨時為大家上菜添酒。儘管公寓是父母留下，他們的收入其實只夠兩人生活，品儀的兼任教師薪水更是養自己都養不起，怎麼招待學生呢？聖明很有辦法，一大鍋關東煮、一大盤烏龍麵、馬鈴薯沙拉、小黃瓜紫高麗等漬物，桌邊再示範個現作玉子燒，學生會熱心地幫忙磨薑泥和蘿蔔泥，也會幫忙品儀做最後的收拾和洗碗，因為那時聖明已經睡了。不管大家還興高采烈在談濱口龍介或李滄東，聖明像灰姑娘一樣十二點到一定馬上站起來，離開桌子時也不掃興，爽朗說一聲：大家晚安。

師母晚安。晚安，你們繼續玩啊，不要客氣，當自己家，不用降低音量，你們吵不到我的哈哈（品儀補充，她秒睡，跟你們上課一樣），晚安晚安。

不過，只要聖明回房間，品儀也會消失一下下，跟著進房。我猜他會在她額上啄一下，或者他們會牽牽手，然後品儀輕輕掩上房門，又回到長桌前。短則一兩分鐘，長則五分鐘，多數是短的。

我會知道得這麼清楚是因為只要品儀不見了，我就會開始看他們家的鐘，直到他回座。我不知道有沒有任何一個同學看出我和品儀的關係，我一個都沒說，我們極其低調，我不想篡位也從未吃醋，沒說過那我們是什麼關係之類的蠢台詞，我想那是因為我們彼此都知道，不希望事情有任何改變，不希望對方為自己做什麼改變。我也喜歡聖明，我只對品儀說過一次挑釁的話，說：我想要在床上。我指的當然是他和聖明的那張床，他也知道，臉色突然變得難看，我就再也不說了。當然，品儀也拉著我去了不同地方的床，我家的、汽車旅館的、還有華語電影研討會那次上海到北京的軟臥。除了出國或外地工作，品儀大約兩週或一個月一次，會在午夜聖明入睡後，搭著計程車來找我，然後在聖明起床前回到家裡。聖明建立起的睡眠小宇宙，聖明是恆星，品儀繞著外圍運行，不越線不偏航。

你會畢業，會出國，會戀愛，會結婚，會生小孩，是你會先不要我。品儀把主動權交給我，不主動不拒絕不負責。我們的關係會開始的確是我在戲院「主動」把手搭上他的手，但我也沒想過對他負什麼責。我一個人很好，有個可以說說話、性功能也還正常的成熟男人兩週見一次面對我來說剛好。我不要他時，他也不會鬧，反正他還有聖明。就算整夜他都跟我說聖明的事我也不會生氣，我自己去東京自助旅行時還去拍了他們以前在三鷹的租屋，照他們給的居酒屋老店名單走了一遍，跟他們常去的燒烤店老奶奶拍照，後來在他們家的聚餐，我秀出手機上的照片，聖明還笑得好開心說下次一起去。

我從未感到罪惡。看到什麼小三不倫師生戀的八卦新聞我也覺得跟我沒關係。但聽到聖明在沈睡中死去的消息時，我卻對她升起了巨大的愧疚。我應該若無其事地和學弟妹去殯儀館不是嗎，至少去陪著誦經助念懺悔洗刷罪衍不是嗎，或者最假掰的，去教堂點根蠟燭然後發個IG搭配RIP以示有情有義順便刷存在感不是嗎。但我什麼都沒做，反而像個殺人犯一樣躲了起來。像這種時候藏匿起來的人嫌疑最重大，但沒有，沒有人發現我不見。

原來一個人的邊緣程度可以從共同認識的人過世了有沒有人找你一起去告別式來判斷。

2. 東京日和

「我這樣一直說聖明的事你會不舒服嗎？」品儀這麼問過我。「不會，我還蠻愛聽的。」我這麼回答，再補上一句：「我也喜歡聖明。」更正確地說，我是喜歡品儀敘述裡的聖明，我對那位煮飯給我們吃的真人師母聖明並不熟，甚至避免與她太熟。

課堂上話題帶到了夫妻、旅行、日本、睡眠或任何日常小事，品儀就會自然說起聖明怎樣怎樣，然後再對不常來的同學補充，聖明是我太太。我想品儀對聖明的愛應該是多到滿出來了，連在偶爾跟他上一次床的女學生面前都克制不住地說。而他對我描述最多的，總是聖明的睡眠。呼吸輕盈到幾乎沒有聲音，靜靜躺在她身邊便能感受到一股安靜的深流，緩慢深長，但品儀不懂，為什麼把自己放進她呼吸之中仍睡不著，以至於常常乾脆爬起來到客廳發訊息給我。超級沒衛生。

不，品儀解釋，以聖明的那一套睡眠衛生說法，真的睡不著就要離開床，等到真正想睡了再回到床上，以免「睡不著」與「床」產生連結，形成印記。我不知道對品儀來說「睡不著」跟「來找我」是不是已經成為一套迴路，但我知道我不希望它斷掉。對，頻率可以降低，但不要斷。萬一被發現，不管是被聖明還是學校裡的其他人，一定得說再見，所以我極盡所能地毀滅所有證據。這是我們的默契，訊息傳完立即刪除，也從不打電話。

最早我也以為林品儀是女的。在系網師資介紹的兼任教師頁面，這個開影視賞析和華語電影史的老師，只放了一張照片。女的。優雅彎曲膝蓋側躺在一艘獨木舟上，一襲白洋裝，清秀鮑伯短髮，手裡拿著一束花，雙眼輕閉，面容寧靜安詳，看起來就像遺照，但旁邊擺著新娘白紗，又提示著是婚紗照。應該沒有人會這麼認真研究新進老師的照片，但我總是憑第一眼印象決定要不要選這老師的課。林品儀，一個會把自己唯美沙龍婚紗外拍照當做個人照的漂亮姊姊，應該輕鬆好過吧。第一次上課，走進來的是綁著小馬尾的捲髮中年男子，我還真錯亂。

下課時我排在一列選課加簽的隊伍最後，舉起手機上的照片，問：老師為什麼要用這張照片？他反問我：你覺得照片裡的女人是真睡還是假睡？「咦，是在睡嗎？婚紗照不是本來就喜歡閉眼？」他笑，說：「給你一個作業，東京日和。」

竹中直人導演並演出男主角，中山美穗演女主角。改編自攝影師荒木經惟與亡妻陽子的共同著作《東京日和》。電影版荒木改名叫島津，仍是一名攝影師，陽子仍然是陽子。看到中山美穗躺在柳川的木舟上睡著那一畫面，我知道了，原來是一張致敬的仿作。我也找到了影評人林品儀的文章：

睡著的陽子宛如初生嬰兒又如死去，生與死融合在一起，令人感動……最後分享一則無關緊要的個人軼聞，由於太喜愛這部電影，筆者與妻子的蜜月旅行就選在柳川，還拍了一樣構圖的照片來致敬。有趣的是，妻子跟陽子一樣，真的在船上睡著了。

原來師資簡介頁面上的照片是bug，品儀根本沒交照片，系統自動選取了一張他作品連結裡的照片。

第二週下課後我們在學校便利商店外的露天座椅上聊《東京日和》、陽子和聖明。我說老師您的文章寫到生死交融，但我覺得您在生死之間遺漏了一個東西，叫做愛。沒有愛的話，生或死都沒有差別，是因為島津和您都是透過「愛」在看妻子，這個作品才會成立。我最喜歡的是在柳川的旅館，島津知道陽子病情，不知該對她說什麼，最後問她：「跟我在一起你快樂嗎？」陽子回答：「不要那樣問我，眼淚會跑出來。」這個就是愛的表現吧？

品儀對大三女生說出這樣的話似乎很驚艷，問我想創作還是想做研究？我說都沒想過。他說他是沒創作才華才開始想做研究，結果也沒研究能力所以開始當講師。「你同時是創作和研究的料。」他對我這麼說，我不知道這是讚許肯定，還是開始在撩我，或者這兩者也是同時發生的。

3. 在柳川

聖明的告別式在第七日辦完，我是在學弟的限動上看到的。品儀一直沒發訊息給我，我也想不出應該跟他說什麼。也許他還和兩邊家人在忙著，也許他需要更長的獨處或哀悼，也許七七四十九日，也許百日。

我盡量相信只是間隔拉得長一點而已，我們不會斷。他的喪假結束了，應該恢復上課，但我碩士班的課也修完了，沒去學校的必要，連偶遇都困難。學期末，我在同一位學弟的限動上看到他們全班去了品儀家聚餐，桌上當然沒有聖明的手作家常料理了，擺上了披薩炸雞和可樂。照片中的品儀瘦了些，其餘沒變。

又過了一年，我辦了休學，跟一個影展打工時認識的正常男生正常交往。跟正常的年輕男女（如二十多年前的品儀與聖明）一樣，打工存錢去日本自助旅行。男友剛進入電影公司當企劃社畜，只有五天四夜的假，我們選了九州。這是觀光熱門路線，倒不是刻意，但提議把柳川排進行程，是我刻意，無論如何我想去看看。我覺得若我們繼續交往下去，我應該要對他說我和品儀那一段。如果我和男友彼此的情感和愛意加深的話，應該可以頂得住，但現在還不是時候。

柳川的標準觀光行程：遊船加鰻魚飯，我們不能免俗地都體驗了。兩個人搭船，只能參加散客併團，但除我們之外其他十多位台灣人是一大團，烈日烤曬，船速緩慢，船夫無聊，同船人也無聊。十年修得同船渡，我懷疑我生生世世都是這麼無聊地度過，一小時餘後終於修得下船。我們的旅費只負擔得起一泊加朝食，還好我們都喜歡逛超市，熟食、零食加啤酒就是晚餐了。採買完畢，到旅館入住。

晚飯後我們各自去了大眾澡堂男女湯。原來，兩個人在一起旅行，這是唯一可以分開的時候。女湯僅有我一人，在更衣室把手機收進置物櫃時，我一時興起，發了訊息給品儀，僅有四個字：「我在柳川。」然後一如往常地迅速刪除。

二十分鐘後離開浴池，拉開與更衣室之間的玻璃門，我的手機鈴聲正響著，這時更衣室內已進來幾位日本女性，在幾具赤裸女體之間高分貝響起的鈴聲顯得沒禮貌又沒衛生，我一邊道歉一邊到角落接起。是品儀。

「喂？」我說。

「請問您是哪位？」是品儀的聲音沒錯，但異常冰冷而防衛。原來我已不在連絡人裡，甚至被當作詐騙集團，我可以像接到詐騙電話一樣直接按掉嗎？

「老師好，我是碩三郭澄慧。」其實算起來已經是碩五，但我用了他熟悉的年級。那頭沈默。我匆匆一口氣講完：「老師不好意思這是國際漫遊，我沒事，晚安，再見。」

「再見。」

真的再見了。

我慢慢吹頭髮穿衣服，我想等一下回到房間，就可以跟男友說那一段了。雖然已經結束了但我還是要告訴你。要怎麼開始說呢？我想，就先這麼問他好了：「跟我在一起你快樂嗎？」

創作理念

四十多歲該是不斷告別與悼亡的年紀嗎？這幾年深刻痛切地思考著。問起完美的死法，大家總說：一睡不起、在睡夢中離去。那麼，在這世界上最完美的最後一句話應該是「晚安」。睡與生、死，還有愛，這篇小說就這樣誕生了。

裂流

文・林楷倫

如今我已經不記得當時怎麼偷溜進去陽海了。

現在，也不需要偷溜進去，飯店早已荒廢，海風將標示為私人產業的立牌吹得鏽黃。那時，我跟你花了多少力氣反對這間飯店的興建，沒想到它就這樣變成廢墟，我們都想不到。

堤防邊的鐵樹沒變，分隔陰海、陽海的岬岸，開滿待宵花，這裡曾經熱鬧，現已荒涼，但這會是最原初你想要的模樣嗎？我已找不到你問了。沒看這兩片海太久，記得你的背項臂側，臉卻模糊地像是在海中看海面的世界。

「走，潛下去吧。一米一米地下。」你將我們的衣服掛在鐵樹，離海還很遠，我們都不怕有人看到我們的裸身，岬岸也不會有人，這裡管制下水，我們浮游，直到紅色浮標前。

你牽了我的手，潛入海。沙岸的海，原本是坡度緩緩，到浮標後急遽下降。

「潛下去吧。一米一米地下。」這裡已是不同的世界，雖然只有珊瑚白了，若是前方沙岸的魚到此，能明白這是一樣的世界嗎？這裡沒有那些小魚，只有一尾蘇眉孤游。你領我往上，我向下看。在白化的珊湖裡有那尾蘇眉的藍。更往下看，那海的深處是個瞳孔，淺藍色的海是眼白。

你看著無底的下方，然後浮上，對我說：「不能摸蘇眉。」又下潛，這次更慢了些。一米一米，我獨自靠近蘇眉。一片片大如手掌的鱗片，底色藍蘊了些綠、圓弧的邊緣是黃。

我伸手要摸，你搖了手指，我手縮回。這次潛下，氣短了多。再拉我上去，背部的肌肉隆起凹陷，水流過，從你的毛細至我的臉，浸泡其中，沒能感到溫度的變化。多渴望我有魚的側線，能細微感受海的變化。幻想了你的身體，透過波潮進入各個孔洞，出來進去，來回我處。

上岸後，我們在樹蔭下，讓日光曬乾身體各個細微。

「別碰那尾蘇眉，像你這種都市來的，滿口保育，總以為動物是你的朋友，感覺你就會去摸。」你講起你族的神話，講了好久，說撫摸海域中唯一的蘇眉，牠會把久久的孤單都傳遞給你。

「每個海域只有一尾蘇眉嗎？」我問。

「是。在岬角的另一側，有尾母的。牠們什麼時候見面，誰都不知道。」

另一片海像是眼睛的墨色，「那一側的海叫做陰海。」

為了一堂社會參與的課，我拿起相機就往可以抗爭的地方去。到了這裡，新聞的抗爭看起來都不像是抗爭，抗議的目標是沿著海岸線興建的飯店。到了工地，無人抗議，只有你在鐵圍籬上噴漆。

噴漆的字眼跟缺臨時工的字體很像。我拿起相機照你，你氣憤到要將我的相機噴紅。

「你們這種外來的假關心，跟飯店一樣啦。」你說。

我回不出來，我只知道這次事件的名字跟飯店同名。

「我想幫忙，可以嗎？大哥。」曬得過黑的你，怎樣都老了些。

「你能幫什麼？拍照喔，拿著相機到底能怎樣。我跟你說啦，不能怎樣，連我這種噴漆、擋工程的，也不能對他們怎樣。」

我仍在拍，拍那些工程車，拍海、拍沒有車的公路。

「要幫忙，跟我來，但你喔不如錢來就好。不用給我，給那些居民。」你說。跟著你走到前方的海之屋，「你真的要幫，就給我幫久一點。」

「好。」這句話只是賭氣，本來只想說照幾張相，去住鬧街上的民宿。你將海之屋清出空間，說大男生晚上睡這沒差，早上陪你去抗爭。「讓你照個夠。」你笑。

你總將為什麼要抗爭連結到你族的神話，說這飯店破壞了海。

每隔幾天，你招集幾個五官與你相似的族人，裸身相疊在工程的出入口，下午，疊在鬧街的馬路上。

「為什麼不要每天都這樣做？」我問。你笑著說他們都要上班。

「他們都要上班。不像你都不用上班。你也要來疊嗎？你要我疊我上面還下面？」你說的話，並不好笑，我懶得回。

這些活動接了幾張罰單，你的族人說不陪你玩了。只剩我陪你玩了。

他們跟另個協會用協商、談判去抗爭。你說那是扮家家酒而已。大家都知道談判會破局，離開你的那些族人又裸身相疊。十幾具的身體疊成一落，兩三落就將鬧街封死。遊客與我都拿起相機拍照，沒有車阻塞，像是大家都知道會有這場活動、一場慶典，或是鬧劇。你的車停在那些橫躺者前，不斷按鳴喇叭。「別擋路啦。幹，什麼行為藝術喔，誰在看啦，只有觀光客在照相啦。」你說。
我在疊人前方，看你氣憤的臉，看你罵了幾聲開始後退又突然加速往前。疊起的人，也包括我，晃動尖叫，後方的人只喊小心。在人堆面前，煞車而後駛離，多出了笑聲，是那些觀光客的笑，有些人怕觀光客誤以為這也是橋段，大聲怒罵你「死番仔、番仔顛」的話，這也像是橋段，笑也沒停。
你那些族人沒再疊起，他們後來協商換到更好的工作、更好的補償。躺在工地入口的人，只剩下我一個，一下就被抬走。
「怎樣也救不了。」我說。從鬧街往海看去，只看得到鷹架、圍籬，後來變成飯店。
你買了一座貨櫃屋，要改成海之屋。在礫石灘的對街，在飯店的私人海灘旁，人總愛細緻柔綿的沙，沙灘就可以賣錢。

「打不過就加入他們。」你說，你笑。

「到底有什麼好笑，你他媽笑什麼？」我說。我不懂為何你跟你族人將這些當成玩笑。你繼續做你的事。我躺在砂石地上，背壓住石礫癢痛。鑽地、焊接、各種工地的聲音聽起來都像是大笑。「到底有什麼好笑，你他媽笑什麼？」喊完，工人與你都轉過頭來看我。

你走了過來，「真想殺了那些大笑的人。對吧？」

那微笑是美的，你遞菸給我，我不抽。你的眼睛微閉了些，看那片我們都看膩的海。

「碧藍色的海，好美。對吧？」你說。海岸線像是你的眼睛，像是你的微笑。

「我真的很想殺了那些大笑的人。」你說，你說說而已，沒有去殺了誰。

「你為了這裡做過什麼，做過什麼啊。」我大聲幾次之後，工人懶得理我，連視線也不願過來。你拍拍我肩上的沙，繼續笑。

不久我才知道，笑是你族最輕蔑的髒話。

飯店剷掉了海灘的那片防風林，換上了幾棵鐵樹、幾棵高聳無果的椰子樹。原本蔥鬱變成疏淡的南國樣貌。

只剩下分隔兩邊海灘的岬岸沒有變。滿是未開的待宵花，是這兒原始的綠。

陽海的沙灘變成鐵皮圍籬，上面寫著飯店的宣傳標語。

「連沙灘都圍起來。有錢什麼都他們的喔。」你說。

也因為沒有了沙灘，觀光客都跑向礫石灘，讓你的海之屋繁忙一陣，但礫石踩起來就是痛，等到飯店開幕後這裡就沒人了。

只剩遮陽傘與你也懶得收的衝浪板，做起日光浴，一日一日褪色變白。用所有的積蓄裝潢那間蓋起的鐵皮屋，你貼皮成木屋，那是你的海之屋。海屋的木頭貼皮，應該有的木頭色澤，被舊日遊客的笑聲或海風，吹淺，像是堤防的色澤。海之屋就算是你的味道，但也像是他們口中異鄉的味道。

踏在礫石時，鬆動的腳步攀了幾隻海蟑螂，好噁。「我知道有個地方有沙灘，一起去啊。」你帶我去礫石灘與岬岸的邊界，聽得到笑聲。你挪開幾塊石頭，下方的鐵皮有了空隙。

鑽進去之後，離救生員的私人海岸好遠。你將身上所有的衣物放在堤岸的鐵樹。「脫了啊。」你的手脫了我的褲子，往海奔去。

這片飯店的海，跟海之屋前的海不同。你說這裡的海是陽海。

「陽海很美。」我說。

「美在哪？就因為它是藍色。」你說。

「嗯。」海之屋前方的陰海，看久好膩，我沒跟你說。就因為陽海很美，陰海變得空蕩。

「我想定居在這海屋內，找個老婆過一生。就這樣過一生。」生意很好的那時，你說。

「我咧？」我說。

「你？關我什麼事情。你去找你的事做啊。」你說，你只是守著空蕩的海屋。

飯店開業後，不管生意多差，只要有人上門光顧，你會問那些人是飯店的房客嗎？如果是，就趕走。「都是客人都是觀光客，都是錢，留他們下來賺一點不是很好嗎？」

「我不缺這些。我不用靠他們生活。」你說。

你叫我把吧檯下的木盒打開，裡頭是巨大的魚骨，碧藍透明的鱗。

你說這來自吉布絲河出海口的蘇眉。每個海域就有一尾蘇眉，死了就沒了，沒有蘇眉的海域就是不幸的海。

「那天找你去陽海，只是為了看陽海的蘇眉還活著嗎，活得好好的。呵。」你想要陽海的魚全部死去，只是為了證明這間飯店是不幸的。抗爭是為了什麼？飯店落成，我們總得找一些跡象來證明當初的我們是對的。

留下的只是怨念，什麼都沒有毀壞，什麼都沒有死去。我們就像在等崩塌死亡的那一刻。

把藍色的鱗在光下透照，那光曾看過，是在海裡放射狀的光。你不斷地說這些鱗片要貼在哪盞燈，把骨頭當成標本什麼的。我凝看了你，模糊聽過，只問：「你摸了蘇眉，會把久久的孤單傳給你嗎？」我摸了你的脖項背臀、轉臀側向前，摸了，你以為這是朋友間的玩。

「別鬧了。」

吉布絲河的蘇眉被魚叉穿入，那一刻，打魚人早已決定奪去生命，本來就不是遊戲。我想跟你說的，不只如此。

我是認真的。我沒有說出來。海灘褲沒有綁緊的繩頭，脫下來，你是軟的。

「我是認真的。」你不說話。

漲潮的海拍打堤防是如此的響。波潮往復，總會讓人平靜；此時海波來回讓我更加煩悶。

你不說話，我怎知道。

我把你的褲頭綁緊，不能再緊。

你沒說外頭大潮，我不知道。當我離開時，門一開便踏到海，波潮聲響比潛水在海中更像是海。

側身回頭看，你已經將褲頭放鬆，脫下。「大潮會淹上馬路，不會拉你入海，怕的話，就回來吧。」你說。我回去店裡。海潮最多只到店前，濕氣蘊了死去的魚骨魚鱗，「什麼味道？」我問。

「海的，陰海的。」

敞開的門，海水淹進來，你毫不在意，屋內的器具泡了海水便開始腐爛，沒人叫我吃你，也沒人跟我說不行，我倆的腿與腰都泡在海水裡頭，陰海的水嚐起來是鹹苦，是腥，是刮舌會卡住咽喉的蘇眉魚鱗，碰觸後，將久積的孤寂填入身體。

「都是你害的。」你說。

大潮帶來的海漂垃圾，卡在漂流木間，我踩著踩著，又跑了幾隻海蟑螂出來。正午的陰海，墨色轉為丹寧，吉布絲河的出海口卻是近褐色的深紅，「那裡是怎樣？」我指向出海口。

「呵，上游的寶石工廠啊，靠，虧你還說自己是環保人士咧。」你說。我以為我們會有些尷尬，但你正常地回。

「對了，不要去那個地方游泳。」換個方向，你手指在陰陽海的岬岸，「那裡也不能去。」

「可是，你上次——」我沒說完，「沒事沒事。」我當作不能我一個人去吧。

「那裡有裂流，會帶你走的。」

海之屋要拆了，這裡本來就是違建。你毫不在意海之屋的事情，沒說損失多少。「少了海屋，還是能看海啊。」你說，傻傻地笑。我笑了，但笑是最輕蔑的吧。岬灣分起兩邊的海，你說陰海是烏色的藍，我以為如你族傳說男子黝黑的身體；陽海是青釉的碧色，我以為是如木藍豆的染紡上色於你族的女子手指。

沒海之屋，你怎麼辦？我問。你說補償金還有。

「還有多少？」「剩十幾。」十幾萬能讓你不工作活幾個月，這裡的物價是觀光地區，

我問你什麼時候要去工作？你說這裡有什麼工作能做。

去飯店做是背叛，去寶石工廠洗玉是背叛，在鬧街賣手工藝品又是種褻瀆。你開始用族語唸一大串，我聽到幾個詞是抗議夥伴的名字，還有那間飯店老闆的名字。「你在唸什麼？」

「詛咒幾個人而已。」

你說起你族的起源神話，陰陽海不是女陰男陽的愛情故事，陰陽是下身連體的兄弟。一雙腿、兩雙手、兩顆頭，像是怪物。

「他們在海岸上看到女人，腦中只想著性愛，留下自己的種。我不懂當初那女人怎會讓這算一個人還兩個人上。這兩個男人只有一根陽

具、兩個腦袋，同時意會到只要把另一方撞昏就能獨享歡愉。就這樣撞得整臉血，卻還去求愛。女人或許只是同情吧，又或是獵奇。」

三人，兩具身體，滿月夜下沒有語言。連體子其中一人熟睡在女人手臂，另一人仰躺於沙灘，女人撫摸手臂上的男人與其陽具。另一人拿起一旁的礁石砸向另一人，散灑的血皆成礁石，可怎樣都脫離不了連體，一步一踏都顯得麻煩，「死去或無意識的人比活時還重。」我說。

當他想起往後都得拖拉起這具屍體，女人拿起硨磲貝殼，粗糙邊緣慢慢地磨割，幾天幾夜，只剩脊椎，磨了個裂口，兩人合力折斷。男人，他終成獨一的男人，將昔日的他丟入另一邊深海，血成石，精液成魚，汗纍疊成沙，而髮成植披。

一人又如何獨活，男人走至海的中間倒下，成了岬岸。女人又睡又醒，手埋於淺白如自身肌膚的沙中，不能動，看到新生的岬角與礫石灘，環顧滿是紅花與結滿果的林投樹，卻起身不了看那片海，巨大的孕肚使其不能起身，左耳或右耳聽到不同頻率的海潮。

「先聽到誰的言語呢？」我問。「誰知道。」

她不能動，直到產出一女一子時，那悲痛的叫喊。女人抱撫雙子離開海灘，在山中斷了臍帶，臍帶成了那短促的生命之河，一女一子的雙子成了先祖。分離的連身子，一方稱陰，一方稱陽。

「源頭一樣的海，但洋流完全不同。你知道為什麼不能去岬岸邊游泳嗎？」你問。

我不知道。

陰陽海的岬岸是模糊的縫線，岬角的海域混了烏色跟青色，誰也不知道那怎麼稱呼，先祖們說那裡是禁地，是人間的縫隙，是蘇眉交配的地方。「誰也不能去，那裡會將人帶入真正的海，永遠回不來。」

沒人知道神話中的女人為誰孤寂，孤寂太長太久，化為蘇眉。

你族的喪禮是海葬，死去的肉身沉入海底，轉生一尾蘇眉。

政府曾經想過把這蓋成像是北方縣市的漁港，捕撈不遠處的飛魚或是深海裡赤紅的魚，但探勘的人總在岬上摔死。有人說這裡便是邪地，你族人說這裡是保佑我們的聖靈住所。每當一個人探勘又摔下去，族裡的人會撒上幾罐米酒告謝祖靈。

「先祖或許是看不慣我們太窮了，這次飯店才會過。呵——」笑聲輕如氣息，但聽得清楚。

唉，就是窮。

你低沉地碎念，以為沒人聽得到。自語地說焚風、雙色的陰陽海。留下的只有景色，吸引只想觀光的眼睛。我想到有人說這景色像是碧玉，有人說那是藍色的火焰。吸引的也只有觀看到顏色的眼睛。幾個觀光客拿起相機照了我們兩個，我手拉住你，但你連一步也沒踏出去。

平常的你會對不尊重人的觀光客比起中指，你今天卻沒有。

他們就是不懂我們的日常生活，族服是獵奇。裸上身的我是獵奇；甚至兩個男人也是獵奇。或許是覺得我們兩個像是膚色黑白的孿生子吧，總有人這麼說。

「說不定我是女人的轉世。我拿石頭把你慢慢割掉。」

「但我覺得我們很像連體子。每天都在一起，不像嗎？」你說。

你笑，我笑。

切割，我們分離了幾週，我沒有錢了。與你抗議的那些日子，你不發薪水我就沒有收入，想工作卻因為抗議得罪太多「為了這地方好」的商家，沒人要請，其實不能切割的東西太多了。

我還是得活，必須找到工作。

「你在那裡幹嘛？」你向對街走路的我問，你在整理海之屋拆除過後的地。

「我要去上班了。」你揮手跟招手的模樣，我分不出來。

我停在你的海之屋前。

「大學生你還要做這種工作喔？」你問。

是，我要去前方陽海的飯店上班。

走遠了，你才喊：「去那裡上班，小心裂流把你帶走啊。」不帶髒字，裝作溫情，真不像你。

我穿起淡藍色的扶桑花衫，清早，我是一個歡迎入住與珍重再見的應聲機器，他們教我什麼是有禮貌的問候，怎樣向我國的民眾說起類似異國的話，那異國的話就是阿囉哈此類，有時會說你族的語言，但他們都不知說你族的語言，卻面帶笑容是多麼可笑。阿囉哈跟你族的招呼究竟差在哪，它們甚至混雜地用，不會有人糾正的，但許多旅客都說我的口音地道。

甚至有幾個人說原住民有你這麼白嫩的喔。對他們而言，只是種新奇的問候，陰陽怪氣的問候。

你幾次走到飯店前用族語對我招呼，那低沉卻充滿元氣；也曾用混合不同族語的髒話對外來者或是飯店人員招呼，「白浪，你回去你 Yaya 那裡吸 Mumu。」你大聲地罵完。你的憤怒，在無知者的耳裡聽起來像是嚴肅的搞笑，他們笑起來，你更氣了，我拉住了你。你勸自己平靜，隨口念了些族語。笑了聲氣音。你輕聲氣音的笑都是你們族語裡最不堪的話。

「大學生，認真地好好做。」你說。

你會怎麼想現在的我？可以隨意用別人的族語敷衍問候，我刻意地不去想你說族語的聲調，但那繞舌音或如絲輕盈的髒話，我說不出口。

我有幾次接待客人時，發出那些薄薄的音，他們不知道我說了什麼。我想起教我這些族語的那曬成紫黑的唇，不斷說話沒有內容的唇。

下午的陽海，滿滿的遊客。常有人游過紅色浮標，我吹哨警告，沒人會回應。

我將遊客拉回，他們總問那裡為什麼不能去，我說裂流會將你帶向海，回不了陸地。

雖然我不知道那裡是如何的危險，因為有你的警告，我從沒游到那裡過。遊客總回：「走了走了，游過去會死，別過去。」夕陽下，波光反射，黃色的海。晚霞，眾人戲水。

例行的巡岸，岬角待霄花未開，整片的綠。

我似乎聽見你聲音低鳴，隨浪敲打紅色的浮球，我似見到你黝黑的皮膚。在碧色的海，你是裸身的男孩。

潛入，浮出，潛入。我脫衣，入海，潛入。

我想找你，游向紅色浮球，我以為你在那裡。當我發現那不是你，只是塊漂流的帆布。

那時已經抓不到陽海的灘。拿起那塊布緩慢地漂浮了，當作已經追到你了。

讓海流帶向陰陽海的裂點，那裡是海溝嗎？或只是個交界。那裡有怎樣的溫度，陰海的暖還是陽海的冷呢？我蜷曲如水母。無意識地漂向岬角。浪把我推向岬角的礁石（那是起源神的髮）。想繼續漂流，像是我們一同見到的蘇眉游向陽海。或是這樣沉下吧，或許能變成

一尾蘇眉。卻緊抓不放，為何？我當作我真的看到你了，我真的想你了。緊抱礁石上等待來自陽海的救援。當坐上船時，已入夜。曬脫了

一層皮膚。岬角的待霄花在夜裡開花，淺淺的黃。灘上的營火派對十分熱鬧，你是不會來的。

本想你會來找我，輕笑一聲，覺得自己想多了，不再笑。

我換成看不到海的職位。在路邊迎客送客，待在門口，穿起族服，用不像我的音量，要大聲地說你好、再見。學到了各族的再見。對一群陌生的遊客揮手，直到車在山頭轉彎。

偶爾做起地方觀光的導覽，帶遊客去玉石工廠體驗磨石，將幾顆鵝卵磨至出現顏色；或是製作塑料玉的體驗，這裡剩沒多少真正的玉。

我在玉石工廠看到你，灰色工作服與你很相配。玉石工廠以促進在地工作機會的名義得到了廉價的國有土地。那國有土地在吉玉河旁（你的族說那條河是吉布絲河），在你的部落旁興建落成。族人都去那兒上班，近也方便。也因為近，部落覆了一層玉石清洗的酸；你說部落的人習慣了那味道，就像是沒人聞到。部落的人更短命了。

「但我爸我媽不是因為吸入太多的酸而死。」你曾經說過。

「官司還沒打完，玉石工廠就來一筆補償。老一輩的就說不追究，命都死了追究啥。」你說。

「還有，我們就一起大笑耶。笑到都出淚了。笑到鄰居都過來看，鄰居的嘴下彎跟石斑沒兩樣。」

飯店將禮拜日訂為部落之夜，演部落的戲，一段是起源故事。另一段則是吉布絲河的故事，一次山洪，吉布絲河有一對男女被沖走，在中游發現時還緊緊相擁，飯店說那條河是愛情的河，那些玉是愛情的玉，部落每年都會為了這條河辦一場祭典，找族內最恩愛的兩人演一齣戲。

你說後來部落就沒這場祭典了，最後一場祭典是你爸媽來演出。

爸媽結婚十年的那一年，玉石工廠運作的那一年，兩個一同在那工作的那一年，換他們演。戲劇的高潮是兩人擁吻，族內人歡呼兩人躺入河中的戲碼。

「幹，像不像爐主的概念。死就死爐主啦。」

那夜兩人擁吻，眾人吵雜歡呼。

不會在白天流出水的排水孔發出蒸氣洩壓的聲音。「要噴發出來了。射了喔，這麼早射喔。」有人喊道。所有的人都覺得是某種玩笑，你那時不懂，大家都笑了，你也笑了。

工廠噴發出來的水沖倒兩人，兩人埋在水中，頭像是河水流經小石的起伏，族人都以為兩人閉氣在水裡，是一場惡作劇。噴發的水很大，一下就停，停下時散發霧氣，是習慣的那種酸，河水又變回涓流，流過兩人身上，衣服不見了，臉不見，甚至河裡的小石都變成玉石翠綠的光。

拿起那些玉石，是洗壞的坑疤，只有顏色沒有用途。戲劇的最高潮是將兩人送入洞房，沒人敢拿起兩人發燙無肉的身軀，連你也不敢碰。酸酸的霧，吉布絲河的戲，你族不再演。「都死人了，還演什麼。」

在部落之夜，演起起源故事，你當成喜劇看，演起夫婦橋段，你也當成喜劇看，只不過主持人說起吉玉河時，你會在陰海那側用大聲公喊說是吉布絲河。沒有票房的部落之夜沒多久就停了。

「你們部落之夜停了喔？」在玉石工廠帶遊客體驗洗玉的過程中，你對我說。

「嗯，你就沒得鬧了。」我回。

「晚上我去找你。」你說。

在回飯店的路途上，我導覽了吉布絲河，讓遊客看看那暗紅色的出海口，告誡他們不要去那裡游泳。有人說那條河綠色紅色的好美，是不是下面的石頭都是玉石；有人問為什麼出海口也是紅的？我說那都是早年的汙染。只是海的遠方，仍然帶一點紅。

玉石工廠下班後，你就直接來了。

見你在飯店對面，曾經與你一起抗爭的同事對你說：「不是不用工作嗎？靠骨氣跟補償金就可以過生活了。」

你沒錢了。

「我沒錢就沒有剩下什麼了，沒錢也得去。要不然哪裡能收我這種人？」你回。

遊覽車又進來了。這次我用你的語言問候，你聽得見嗎？還聽得懂嗎？我喊得特別大聲，旅客都以為我發怒了。你大聲地笑，用手勢比要我打給你。我打了，你只說在我家見。

我下班了，你還坐在堤邊的路燈下。

「本來想坐在飯店對面路邊看你工作，不過你同事一定會叫警衛來煩我，想說算了啦。」

「你怎麼不回家？」我說。

「等你啊，等你啊。」我勸自己這是友情。「不過，這套藍色扶桑花，哪有藍色扶桑花啦，真難看。比起來，我灰色的工作服好看，很臭就是了。脫掉啦你，你還以為你是扶桑花男孩喔，你服喪男孩還差不多。」

我脫，你要脫嗎？

我要脫了，你也要脫了。我比較習慣你裸上身的樣子。

不知是汗還是工廠酸洗粉的味道，你發出酸氣，反而聞到我飯店大廳的玉蘭花香。

我解開上衣一兩顆扣子，後來像是脫背心一般的脫法。你解襟上的鈕扣，想起裸潛時，脫衣服是種束縛。海風吹，身體吹得冷，你只解到肚臍邊。挺胸，肩膀一聳，雙手往後拉，上衣脫離了身。把兩衣袖綁在腰間，露出與手掌、臉黝黑與膚色漸淺的肌膚。

「你變白了。在工廠工作，有找到你想要的女人嗎？」我說。

「找不到了。」你手搭上我的肩，領我向岬角前去。兩人的膠鞋將礫石踩實，發出輕微的悶響。

沒多久走上岬角。岬角是沙與礫的混和，每一步都有陷入更深的感覺，沙沙的悶響，混淆是前行還是沉沒。你沒有顧慮什麼，就算盲眼也可以走到岬角的尖端。踩著剛開的待宵花，黃色的花踩下，汁液流出。一步一步踩。

滿月，前方的海有月的反射，月光不足照亮一切，我們拿出手機的手電筒探照。你說你童年喜歡在岬角前的裂流上玩耍。攀上攀下，有時捕些魚給家裡吃也好。但你更喜歡家附近的吉布絲河清澈無色的水。玉石工廠在岬角的陰海側偷埋了條暗管排放，嚴禁進入，哪兒都不能攀了。你不再去吉布絲河了，你哪裡都不能去了。只剩還未發達的村區。

搭在肩上的手更加施力。或許是你沒人支撐，或這片岬角的沙礫太鬆軟，越陷越深。

「繼續走。」「好。」終會走到盡頭，「誰會沒有目的地往這交界跳。」我說，說完就想起前幾天被裂流帶走的自己吧。

「為什麼你要去飯店上班？為什麼你要在海屋玩我？」你沒回應我的話。

我假裝沒有聽到。

那你為什麼會去那工廠上班？你還不是為了那些錢，甚至聽別人說你拿得還是幾倍的薪水，只為了封住那年的事情，不，只為了封住你的嘴。我沒有說。

「為了逃不掉的生活啊。你以為我想穿這種制服啊，你以為我想喊你族的問候。」

我看了你，像是看著自己一般，你那血筋突出的手、結實的腿，每日每夜直挺地站在那機械旁操作；機械洩壓打磨、酸化寶石，所有的汙穢排去吉布絲河；我看了你，卻看不到你。

「為什麼你要在海屋玩我？」我聽到了，陰海的大浪，而陽海的潮剛退。

我不是玩。臉感到焚熱。

你在我肩上的手，驅我面向你，耳光、親吻、耳光。

我臉溫熱，而你吻了你的手指印。

「不。」你褪下了我扶桑花褲，那味道比海風還鹹。

我不是玩，我受不了停滯，我們是連體啊。

被壓在許多待宵花，扁平擠壓汁液，綠染在我皮膚，些許癢、又些許痛，痛是花莖的粗糙，緩緩小小的撕裂，多次或會巨大。

你強著我看前方的海，就算不強著，我也只能看前方的海。我們似乎進入了陰陽海的縫，至月暈似霧時，夜更暗，你我搖動如浪，卻怎樣也看不清楚那淆色的海。於是，那般摩擦與撕裂，本以為將會巨大，痛與快樂混淆了，在我體的經過的待霄花、又或你，又或如自己的長髮與你的毛渣都成一體。

你完事，那搖動如浪的視野僅只如此，我未暈卻恍入你族的傳說，只看到兩海之縫，兩色之間，另一種色澤是如白日的浪花；又像是幼時描述藍藍的海，那種藍；星點般閃爍的綠，是玉石，各色不見又現，是尾蘇眉。

你完事，你將我的扶桑花褲丟向遠方。我以為那會像是羽毛慢慢落在海裡，而不，砂礫交混汁液的花褲掉落的模樣，更像是一具屍體。

所以我們不是連體，我被斬下了。

你完事，你也看到了那尾蘇眉。我只凝視蘇眉的鰭尾擺動，還定格在「為什麼你要玩我」回不出來，看著你的臉是陰海的烏色；我感到冷，定是陰海來的風。無法忍受灰色上衣的酸，酸與灰不適合你。

「我們扯平了。」你說。

你攀下了岬角，游往裂流。

我套上你未穿的工作服，把扶桑花衣圍在下身，走往道路。

你去哪了？陰海的風又來，吹往下身，一陣舒爽。

我想你是去尋那尾蘇眉。

你走之後，裂流又帶了幾個小孩走，這些事情都被飯店用錢壓了下來，幾個人死變成話題，那些話題總是鬼魅互參，以「陰陽海，極陰之地」

開頭，既是陰陽卻又極陰，我笑了。

話題繞久了，變成真實，觀光客少得可憐，飯店變成廢墟，但早已沒有原本的海。

大街變得無人，是你最想要的模樣。

我聽得到你笑說：「海不只是藍色的，傻子。」

創作理念

世界如何形成，又如何崩毀。我總想反抗者其實是某種擁護者，然而那些被擁有的信念與什麼違背又與什麼相符，如此去想愛情去想正義。「為什麼如此堅持？」以此疑問寫下這篇〈裂流〉。

你知道嗎

文．沐羽

在前輩的印象被記憶徹底沖刷乾淨前，我想寫下關於他的一些往事。那時我才剛考上一家沿海小鎮的研究所，每晚失眠時我的腦袋裡就會有一段火車廣播般的聲音：你真的確定要去那嗎？我沒說確定，也沒說不確定。出發那天我只帶了一周的衣物，到宿舍時發現沒帶手機充電線。這大概是不確定吧。

我並不確定自己是不是真的認識前輩，又或說，我真的有遇過他嗎？他存在嗎？還是他只是我在海邊一次又一次發瘋時的幻覺？如今記得他的人不多了，而我跟他們也沒了交集。準確來說，是他們跟我沒了交集。研究所對我伸手示意，而我握著它的手留了下來，雙方都沒怎麼使勁。確定與不確定也不怎麼重要。

那時我因為喜歡一個女詩人的詩，報考了研究所。後來發現不可以這樣說，我得說：我喜歡她寫作的那個時代。這與性別沒甚麼關係，我們也不可以喜歡男詩人。我們得喜歡一個作家的時代多於作家本身（不過當然是因為她的性別讓我不能喜歡她）。後來我研究她的時代，但論文裡沒出現她。謝辭裡也沒有她。沒人知道我為甚麼來到這裡賴著不走。我像抹除幻覺那樣沖洗乾淨這一切，只有一些海浪，許多海浪，許多不確定性。

文學院有個面海的吸菸區，一座中式涼亭。它有塊板子寫著它的來歷，但我不在乎。在那裡抽菸有種電影人物的感覺，使人不禁想到如果寫不出論文，抽完最後一根菸走進海裡至少會有慢動作和配樂（弦樂四重奏）。我第一次碰到前輩就是在那裡。我首先是聞到了他，他的汗味穿透紅色萬寶路襲擊了我，寬大得難以稱為時尚的破洞T袖被汗水徹底醃過，那是酸餿的熱帶氣旋。工裝長褲有超過八個口袋，全都裝滿了東西，讓他活像一頭八袋袋鼠。最初我以為他是技工，他有一身很技工的肌肉，有著很技工的鋼絲短髮和鋼絲抬頭紋，他的菸是讓他運作的螺絲。但這裡的人通通都長這樣。有次一個地中海拖鞋老頭向我擋了火，後來才知道他是副院長，搞社會學，是個生態左派。這天前輩向我擋了火，他說沒看過我，問我唸甚麼。我說文學。他問，哪個文學？

我在那裡看海，那時我不知道很多事。如今我也不知道很多事，只是比那時多出幾吋灰塵般的經驗。我把那些經驗用詩的掃把收集起來，投稿了幾個文學獎，全部石沉大海。海是灰色的，雲也是灰色的，地震和風暴是灰色的，菸灰和菸灰缸是灰色的，瘋狂與消失是灰色的，過去、現在和未來也是灰色的。前輩的指甲是灰色的，我來不及看裡頭是不是夾著汗垢和菸絲。他點起第二根菸時跟我說：「你知道嗎？當你看到海灘的水位快速退去時，要馬上逃到高地。」我說，是喔。我又看了一會海。他把菸按熄要離開時又跟我說：「你知道嗎？魚在緊急狀況下會排成一列逃走，以免碰撞和塞住。這跟人類不太一樣。」

回到研究室時學長剛收拾完東西，問我要不要一起吃飯。我沒說確定，也沒說不確定。他把研究室裡的人全部抓去聚餐，大部分都是一年級。我想他沒有朋友。二年級以上的一般不會來到這裡，其實他們連學校都不太來了。學長說，大家覺得在家唸書更有效。學長說，其實都在打電動和追劇。學長說，他碩四才發現這裡圖書館的書那麼新。學長說，教授們雖然全部都在等退休，但開的書單還蠻不錯。學長說，好的餐廳都要至少開車二十分鐘。學長說，十二月有個全國文學獎截稿，小朋友們可以試試看。學長說，反正你們很快就會發現這裡沒事幹。學長說，去台北的車票要預先一周買好。

在走去機車場時我說，剛在吸菸區碰到了一個怪人，問我知不知道潮退和魚群的事。學長說，他入學時那人就已經在了。那語氣像在說一顆石頭，或是樓梯還是枯木似的。我不知道該怎麼把這個話題踢得好。我沉默地看著前方，手指絕望地在口袋裡乾涸著後悔。學長像驟雨那樣說，不知道他還有沒有寫詩？我的語氣大概像個集水瓶，他也寫詩嗎？學長說，他得過幾個全國文學獎首獎。

後來我陸陸續續在課堂和吸菸區聽到他的名字，當然還有他的詩，但這一切都像顆意味深長的休止符，將一切徹底抽乾。我翻過他的詩，網絡上所有得過全國首獎的詩都有它的專屬頁面，我讀過一次後很快就忘了。剛剛又打開了網站，像第一次讀那樣讀了一次，關掉後瞬間忘了。詩是很好的詩，關於海浪、石頭、鯨魚、鹽分與青苔。我也投過文學獎，也是寫海浪、石頭、鯨魚、鹽分與青苔。不過我沒得獎，也許運氣不好吧，反正沒人記得。一如我後來覺得，自己應該是運氣不好才不能研究我所喜歡的女詩人。某次我看到社群上有個女生曬出自己的畢業口考過了，題目跟我當初想做的一模一樣。而我已經不會再想走進大海了。大海裡全是像我這樣的人，擠不進去。

走到機車場時學長問我們幾個新生到目前為止還習不習慣，有兩個女生發出海浪拍岸那樣的聲音，我聽不太懂。我總是聽不懂記不住別人的任何一句話。但她們以外還有筱嵋，我能記住她的話。也許因為氣質，也許因為口音（她的咬字總像在咀嚼一片可頌），又或也許她不是灰色的。她問學長，十二月的文學獎可以投現代詩嗎？

我不怎麼喜歡她，這與性別沒甚麼關係，反正我不喜歡我們身處的時代。學長說，是的，就是那個怪人得過首獎那個。到校門時她用手機叫的計程車剛好到了。我一直沒說自己其實沒有機車，就順便上了車。車子沉默地發動。我對一切都沒有興趣。我的耳際波濤洶湧，腦裡一潭死水。司機問我們兩個是不是學生，她說，是的，我們唸台灣文學。

• • •

筱嵋不像海浪、石頭、鯨魚、鹽分與青苔，老實說，她與這一切都沒有關係。她不是會走進大海裡的人。她來自遠方，來自不同的層次，而且幾乎從新生聚會那天就註定沒有朋友。撇開她十根指頭上有六顆戒指不說（並非錯判形勢，在她眼中這裡甚至不存在甚麼形勢），亞麻色鬈髮和白得發亮的皮膚築成了天然屏障，紅色眼影宣告了她完全是這個小鎮的異類。教授說，今年有模特兒來唸書喔。意思大概是這樣的：她不屬於這裡。但說到底其實沒人屬於這裡，教授在等退休，學生在等畢業，我在等一個衝動。

而筱嵋一直讓我想起我所喜歡的女詩人，她來自八十年代，來自一幅巴黎的城市圖像。在筱嵋身上我嗅到一種天然的親近。不過在開學幾周後當我決定放棄研究那位女詩人，並把秘密帶離學校時，筱峮已經在這家研究所遍體鱗傷。又或說，也許是筱峮讓我放棄研究女詩人也說不定。我記不太清楚，她的形象與前輩一樣被記憶來回淘洗，只剩一抹淡金的殘影。

那年十月某天當我踏進教室時，所有人都有談論有位女詩人自殺了。我坐到位子上就低頭滑手機，不是我想要研究那位。說真的，如果真的是她我也不在乎（但如果真的是她我不一定會這樣說，反正不是）。過世的女詩人是顆明日之星，然而禁不住文壇前輩的多年情緒勒索與精神控制（這麼簡單的事都不會做？我不是要你一定要……但是……），憂憤地在前輩辦公室門前上吊。換句話說，她死成了一個景觀，一顆符號，一幅掛畫。

教授中斷了這天的課堂來跟我們討論這回事，那位女詩人好像是他以前的學生。但我沒聽一會就潛進白日夢的深淵裡。這些年來我一直失眠，只要一靠近床我就無法入睡，我躺著感受大腦裡波濤洶湧，但轉化出來的文字一潭死水。我試著寫幾首詩，但總是中斷，連中斷都中斷了。我不能抑止地回放一天經歷的每一件事，令人尷尬與沮喪的片段如浪拍岸，我就在床上思考，如果當時我不是這樣子說，而是那樣子說，事情會不會就是那樣子，而不是這樣子。這些年來的每晚夜裡，我都覺得自己已經走進大海，回來時又再沉默了一些。我感覺自己早已在辦公室前上吊過了。（說真的，那會是甚麼感覺？那有感覺嗎？）

朦朧之中我的皮膚察覺到教室的氣氛熾熱起來，彷彿有人用砂紙磨擦神經。教授說話越來越不客氣，而有人正在頂嘴。我勉強聚焦眼神，筱峮說，作家自殺是因為她的個人選擇，我不認為……教授說，她的死並不只是她一個人的決定，整個文壇都是共犯結構。她相信了一套被建構出來的意識形態，一套舊時代的價值觀，但我們所有人都相信那套東西已經過時了。我們不要那麼天真地覺得這是正確的事，我們要去反抗，而不要結束生命，活著就是要對不公義的社會剝削進行抗爭……我沒有後來筱岷反駁的印象，事實上，我連他們到底說了甚麼都不確定。大概就是這樣吧。

這一切很快就轉向「唯一真正嚴肅的哲學問題是自殺」和「自殺是因為個人慾望和社會脫勾」，然後同學們就開始分享。每個人或多或少都想過去死，教授就逐個安慰，並開出一份書單。至於筱岷終於第一次，在我的眼裡，染上一層灰色陰霾。這樣很好，你最好別去理解一個人的死因，你得理解一個人選擇死亡的時代。

下課後我回到吸菸區，我的精神洞穴，面朝大海，讓浪花沖洗一些泡沫似的思緒：如果是我，會怎麼回應教授？而身後有人叫我的名字，是一抹鐵銀色的流星，筱峮點燃一根玫瑰涼菸。她說，你剛剛沒有回應教授的話。我說，我在想事情。她說，甚麼事情。我說，也許我應該換個研究方向。她說，我也是。

接下來幾個星期，我偶爾看見筱峮會在吸菸區出現，我就遠遠避開。只要那裡有人我都會等到他們離開才過去。如今我比較確定自己要來這家沿海小鎮的研究所了，因為人少。我可以清楚看到，自從筱峮出現在吸菸區後，這裡的人流開始暴增，搭訕的人燈蛾撲火。而我決定遠遠地邊抽邊看，寧願違規。

一天下課後我抽完菸回到研究室，剛打開門就聞到濃烈的男性汗臭，但那顏色是淡金的。筱峮正把手機給他看，看到我進來後打招呼說，這位是大前輩，我讓他讀我寫的詩，你要看嗎？我點點頭，坐到他們的研究桌前。與其說那是一首詩還比較像是一串沒有標點符號的比喻因為這幾個星期在上意識流和心理分析。我說寫得很好但是我不懂詩。她說前輩得過很多獎，他今天剛好送包裹來研究室，我就讓他看看。我環視一周，大概因為他太臭，很多人丟著東西都出去避難了。前輩說：「你知道嗎？在一九一三年，希特勒、托洛斯基、鐵托、佛洛伊德和史達林都住在維也納不到四公里的範圍裡。」

我不想待在有人的地方，事實上，我也在寫詩，年底的文學獎值得試試看（沒得獎也沒關係，練習是好的）。我不想被影響，所以除了自己的大海我甚麼都不讀。筱嵋那東西讓我覺得應該要更遠離她。但我不太確定，教授說，我們得回到文學史和政治現場，才能知道怎樣才可以寫得好，也得重新學習甚麼叫好。寫得好的東西不是直觀就能感受到的。我的失眠因此越來越嚴重。我覺得夜裡有一群幽靈提著燈籠在我頭上講著風車與火車之類的囈語。最近我終於在圖書館借了《荒原》，只讀了第一頁和最後一頁（我不想被影響）。以這些片段我支撐了自己的廢墟。我站起來離開研究室，我得回到我宿舍般的廢墟，廢墟般的宿舍。而前輩說：「你知道嗎？章魚通常非常孤僻，但當牠們嗑了迷幻藥時，它們會更願意與其他章魚相處，甚至會擁抱彼此。」我始終不知道他是甚麼回事，但我並不在乎。在乎就是被影響。

後來我都遠遠看見筱峮和前輩在吸菸區有說有笑，就在暗處點起一根菸，從他們的剪影裡盯著灰色的雲，灰色的海，灰色的過去、現在、未來。我比較喜歡這樣的感覺，這讓我的思考有了景深，在我反覆演練的走進海裡有了障礙（在想像中，他們尖叫著救我的畫面佔兩秒），有了景觀與畫像。我問自己，我會怎樣回應教授的話？我會回答，我會回到文學史，重新學習甚麼是好；這一切都是被建構的意識形態，不可以相信傳統。浪濤聲越來越大，兩者狂暴地互相攻擊，我想一頭栽進去不再思考，這樣就不會再被影響。

我好像正在變成甚麼，但我不知道那是甚麼。

・・・

學長在研究室裡說，難道冷知識是妹子兌換券嗎？我沒答話，畢竟所有女生都瞪著他後腦勺看。不過這也不代表甚麼，她們也在一邊追蹤筱峮的社群帳號一邊把她的照片發到群組裡嘲笑，甚麼天龍人，甚麼小清新。都是學長說的，他跟其中一個碩一新生好上了，也許這才是他開學以來都待在研究室裡的原因。他跟我說，加油。我說，謝謝。他意味深長地飄然遠去，整個月都沒再回來。

反而是前輩經常出現，原來他在研究室一直有個抽屜，總是放下一兩份文件，又拿走一兩份。有時他背著外送袋來：「你知道嗎？外送袋是把機車開進學校的通行證。」卑鄙是卑鄙者的通行證。他的衣服換了，也沒那麼臭了，但工裝長褲的口袋還是滿滿的。我不確定裡頭裝著甚麼，反正不是靈感。他沒得獎很久了，也沒出版詩集。

至於筱峮一樣閃耀著淡金暖和的光澤，只是黯淡不少。她不戴戒指了，褪色露出黑色髮根的鬈髮有些毛燥。在期中我們要報告期末論文的大綱（我報告一些現代詩被罵得很慘，不提也罷）。她報告的是八〇年代：軟性抒情的文學在戰後台灣佔據主流地位三四十年，而現代派小說想要衝破的，是缺乏高層文化成份的文化場域，於是，在這時填補空缺的是中產意識和大中華風氣的小說。這些都摘錄自被我塞進講義裡的紙本報告，那時我想，既然教授不讓她講完，我就回家再看好了。教授說，我們必須認清八〇年代的中產價值源於作家本人的家世背景，而不是他們有多努力，那些當年的時代脈絡和政治思潮不應該被現在的我們學習，那是壓迫者和反抗者的群像……印象裡筱岷沒有回應。印象裡只有一些灰色的折光。她變得像海浪與雲層了。

我依舊沉溺在深海當中，投文學獎的詩一直寫不出來，來來去去也是海浪、石頭、鯨魚、鹽分與青苔。除此以外我沒有更多，而除此以外我不想被影響；我不想栽進被建構的意識形態，又不知道怎樣才能繞過文學史和政治現場。我像一塊被掰成兩半的浮板，各自飄向兩個遠方。《荒原》寫道，海上風平浪靜，你的心若被要求／一定也會輕快地反應，順從地配合／控制的操手。期末報告後的一周我依舊在上課時用片段支撐自己的廢墟，教授下課後把我留下來，問我是不是有甚麼困難的地方。我說，沒有，謝謝老師。我們沉默了一陣。教授說，少抽一點吧。我說，謝謝老師。

看著吸菸區的前輩和筱岷有說有笑時，我覺得也許可以將他們寫成一首詩，但我只想到自己的事情，儘管我沒有發生過任何事情。我沒有家世背景，時代脈絡和政治思潮，只有走進大海裡的衝動。我想了一個星期，然後又放棄了。在失眠時我想過回應教授的各種方法（是不是有甚麼困難的地方？我不知道自己應該對甚麼有興趣），想過加入前輩與筱峮的談話（不好意思，可以幫我看看我的詩嗎），想過爬起來隨便打開一本詩集，熄滅自己的聲音一頭栽進去。而期末與文學獎的期限一直湧來，我連手指頭都無法動彈。有天趁著沒有人時我久違地在吸菸區看了一陣海，它似乎沒有在呼喚我了。死亡已經放棄了我。我不知如何是好。回頭看去時卻發現前輩沒有氣味地站在那裡。

我看著他，他若有所思。最後我始終沒有成功表演出在夜裡練習已久的台詞。我的好奇只剩一潭死水。最後我說，為甚麼是鯨魚？

前輩看起來有點如釋重負：「你知道嗎？當鯨魚死去時龐大的身軀

會緩慢地沉入海底，由於鯨魚屍體龐大，無法快速被分解，殘存下來的屍體就提供食物和庇護所，骨架還成為了海洋生物的小村莊。這個過程叫鯨落，除此以外還有一種叫海雪，是深海中像雪花一樣不斷沉降的有機物碎屑。」

我說，是喔。其實我不在乎，我不想被影響。

前輩沉默了一陣，又說：「你知道嗎？最近幾年寫鯨落得文學獎的作品至少有十篇。」

他把菸熄掉就離開了，我看著他的背影，像跟另外九個人重疊在一起無法辨認。這就是被影響的下場。

期末報告壓近時研究室濃罩著一層死寂氣氛，如若十隻座頭鯨同時壓在所有人頭頂，每個人都有一座躁鬱的生態系統。除了文學獎寫不出來，我的論文也毫無頭緒。學長久違地回到研究室，宣布他的畢業口考時間定下來了，希望離校前跟大家去唱歌：不是一定要來啦，但如果最後一次能看到大家我會很開心。所有人都答應了。從那天起我就躲了起來，直到唱歌那天過後再回到研究室。自此我不只遠遠地看著吸菸區，還遠遠地看著研究室，文學院的一個角落成了我的瞭望台。我在那裡抽菸，想我的事。

後來除了前輩和筱岾沒人會跟我搭話了，他們問我有沒有在附近兜過風，我說沒有，筱岾說有空一起去。我說，謝謝，但我沒有機車。她說她開了她爸的車來這邊。再更後來我才知道，原來當天研究室裡的所有人都有去KTV，但是女生們一起上廁所後回來都跟筱岾分開坐，她像一個孤島般坐在角落，然後就先走了。那天晚上她發了一則帖文，說：「你知道嗎？法國大革命時大部分人都不是說法語的。」她的自拍照裡有一個背影，工裝長褲裡裝著他的一整個世界。

那天晚上，我獨自回到了研究室，打開筆記本卻一直寫不出任何東西來。我翻開書櫃上的詩集，甚麼都讀不進去。然後我把門鎖上，終於打開了前輩的抽屜。也許我應該偷一些東西回去，一些鯨魚以外的事物。抽屜裡躺著一本接一本記事本，我屏著呼吸抽出了一本，捧著打開，而裡頭密密麻麻記錄的都是數字，唯有數字，收入多少，支出多少。全部都是。我坐在岸上／垂釣，乾燥的平原延伸在背後／至少我該把自己的國土收拾了吧？我有點頭暈目眩。以這些片段他支撐了自己的廢墟。而我忽然又想回到海裡了。

• • •

我最後沒有唸完這個學期，論文寫不出來，課堂報告一片廢墟。學期結束前教授把我留在教室聊了很久，我說不知道該怎麼辦。我把整個學期失眠時練習的台詞都演出了，這應該在九月就發生的。我想教授應該是這幾個月來唯一可以協助我的人。我從寫詩講到讀詩，其實只有幾句話，我翻來覆去地講了幾次。教授說，這是因為個人慾望和社會脫勾了。他開了一份書單。我說我會好好學習，但我們都知道我不會讀。他停頓了一下，在這一刻，他忽然看起來有點像個人。他說：你先別讀這些書，休個學，去到處看看吧。

學長沒再來過研究室，而同學已經習慣把我看成一抹陰影。我回到那個遠觀一切的角落，我的瞭望塔，我的荒原。喜歡的女詩人逐漸不再吸引我，我緩慢理解她只不過是時代的突出，一個浪尖，一場被淘汰的表演。我們需要可以持續和被複製的東西，像建築和規劃之類的東西。與她重疊身影的筱嵋有天找到了我，說知道我申請休學，我說是的。她說她決定回台北去了，我不知道要說甚麼，也許失眠時會想到吧。但她說，要不要去兜風？我說，去到處看看吧。

雅說前輩也不懂得用這台車的安全帶，幫我固定在副駕駛座上。我覺得自己不應該在這裡，但無處可逃了。我只好像一塊礁石那樣說，前輩最近好嗎？她說，已經沒有聯絡了，他好像送外送很忙。我不知道怎麼回應。她說：「你知道嗎？有些蜘蛛會吃掉自己織出來的網。」我說，這是前輩說的嗎，她說，還有很多很多，他沒有辦法正常講話。我說，他問過我知不知道當海灘的水位快速退去時要馬上逃到高地。她說，他不一定能當個詩人，但應該可以錄一些不錯的節目。

車子一路開到海邊，電動車的聲音相當刺耳，我光聽著它就無法思考。到了海邊後我才想，為甚麼要特地從學校過來看海，明明角度一樣。我們坐在長椅上，點起了菸，海是灰色的，雲也是灰色的，地震和風暴是灰色的，菸灰和菸灰缸是灰色的，瘋狂與消失是灰色的，過去、現在和未來也是灰色的。筱嵋褪色的長髮是灰色的，她說，你甚麼時候開始抽菸？我說，大一吧。她說，你以前話就這麼少嗎？我說，我不記得了。她沉默地吐出一口菸。我只好說，我是真的忘記了，我不記得任何事情。她說，為甚麼唸文學？我說，我想記得一些新的東西。她說，那你來錯地方了。

那晚她說了很多話，我想，大概她找不到可以說話的對象，她的朋友都在遠方。又或者說，因為我沒有可以轉告的對象。如今我仍然在想，那晚應該怎麼回答，如果當時我不是這樣子說，而是那樣子說，事情會不會就是那樣子，而不是這樣子。但當時我只想得到自己，我在所有言辭與言辭的縫隙裡看到的全是自己。在那裡的並不是我的倒影，這個世界所有東西都是我的倒影。筱嵋說她來這裡是為了學習寫詩，她說這裡不是一個寫詩的地方，她說這裡沒有任何靈光，她說這裡強調的是社會但她喜歡個人。她還說了很多，但我只聽到一些屬於自己的迴聲。她開始哭，溪流而並非暴雨，涓滴而並非傾瀉，而我覺得自己有一部分被她哭走了。

我覺得自己應該要安慰她，但不知道該怎麼辦。我在那裡看海，那時我不知道很多事。如今我也不知道很多事，只是比那時多出幾吋灰塵般的經驗。我問她，我可以拍你的肩膀嗎？她的笑聲從鼻孔裡噴出來，說好啊。於是我伸出右手，從某個角度按上她的左肩，我覺得手掌不應該是弧形，於是拍第二下時把手掌攤平了。她沒說話，一直看著大海。於是我一直拍，一直拍，大概每兩秒拍一下。我覺得大海離我越來越遠了，但我離一切都隨著節奏變得相當遙遠。在拍著筱峮的肩膀時，我無可抑止地想著關於自己的一切。當我在說自己時，感覺就像提起石頭、樓梯還是枯木似的。

隔天，我的休學申請輕而易舉地通過了，彷彿在這個學系裡休學像上廁所一樣普遍。我開始到處散步，沿著海岸線一節一節地走。我買了一個隨身的菸灰缸，把路過的痕跡抹除起來。我把灰色收進口袋，把自己走成一個廢墟，又或我原來就是一個廢墟。那年，我的詩沒有寫完，但我在文學雜誌的封面上看到得了首獎的筱岨，她得獎時馬上就簽約出了一本詩集。她長得就像一顆明日之星，受訪裡沒有提到這家大學的任何事情。她真的有來過嗎？她存在嗎？還是她只是我在海邊一次又一次發瘋時的幻覺？

那天夜裡回到車上時，她問我喜不喜歡寫詩。我覺得這個問題很像在考試，就沒有回答。她說，她喜歡寫詩是因為可以把不同世界的東西連繫在一起。我說，所以你來這裡也是一樣嗎？她說：「你知道嗎？魚在緊急狀況下會排成一列逃走，以免碰撞和塞住。這跟人類不太一樣。」

我下車時她握著我的手，跟我說保重。我說，謝謝。我的手掌呈一個弧形。

隔年當我回到研究室時，同學們都回家了。大家覺得在家唸書更有效，其實都在打電動和追劇。學長畢業了，好像去了島的另一邊當地方小報的編輯，跟他在一起的那個女生留在這裡，應該沒有任何下文。隔年她也休學了。我沒再去過吸菸區，畢竟已經找到專屬於我的角落。偶爾待在研究室時，有學弟會跟我搭話，有天他說，他遇上了一個怪人，問他知不知道潮退和魚群的事。我說，我入學時那人就已經在了。我說，你知道嗎？但我不知道該怎麼說下去，我說我認識他和他短暫交往過的女友，後來女友先走了。我很訝異這個故事居然只能說那麼短。學弟看起來沒甚麼興趣，我就沒繼續說下去。掌心的觸感還是溫熱的。研究所對我伸手示意，而我握著它的手留了下來，雙方都沒怎麼使勁。確定與不確定也不怎麼重要了，我正在從荒原裡站立起來，變成時代的模樣。

創作理念

〈你知道嗎〉其實是「Did you know」的直接翻譯，比較偏向冷知識分享，而不是最近流行的所謂「考考男」。差別大概在於冷知識是很難說教的，至少我這樣覺得啦。文學也應該是背對說教的，雖然有時我們為了背離說教，反而決定什麼都不聽。這篇小說啟發自大學時聽得最多的「我不想被其他人影響我寫作！」我只想對他們說：「你知道嗎……」

照美

文・李璐

照美不喜歡被當成瘋女人，儘管她也覺得，自己這樣做並不太好。但又有什麼辦法呢？她也只是在空閒的時間就到港口走逛而已。

她一點也不喜歡港口，髒兮兮的海水發出腥鹹的味道，渾身汗水的碼頭工人喜歡用不標準的國語調侃她：「他是不會回來的，不如我做你的情人吧！」

還有港口的貓，那些貓總會聚集在精心打扮的照美身旁喵喵叫，彷彿她的包裡藏著牠們看不見的、血淋淋的魚。

「去去，走開！」照美跺腳。花貓稍微退開了點，但黑貓還想靠近她腳邊磨蹭。

「走開！都走開！」她揮動手上的提包。

汽笛鳴響，貓們朝著汽笛聲處跑去，照美也跟了上去，發現來的是漁船而不是客船，失望地走開。

也不知道這樣的等待有何意義，照美只有假日會到港口去，其餘時間在貿易公司當會計，領到的錢，盡量不花掉，存起來用作結婚基金。

回到家，家裡有粗茶的香味，走進裡頭，才看見姐姐愛子涼涼地用團扇搧著風：「回來啦？訂製的衣服剛到，下星期就去相親吧。」

「你根本不懂戀愛是怎麼一回事，才會一直叫我相親。」照美恨恨地走進房間，放下提包，換上平常穿的衫褲。脫掉洋裝的瞬間，她竟覺得有點輕鬆。

「不要再到碼頭丟人現眼啦。」愛子撥了撥長髮：「女子的使命就是成為新娘，孕育生命，如果這個男人不能給你這些，就該死心了。」

「沒有愛的婚姻難道會美滿嗎？」照美看著姐姐面前的豆花，肚子咕嚕叫了起來。

愛子用蔥一樣纖白的手，把豆花推向照美：「你一定很餓了吧。還沒煮飯，先吃這個吧。」

照美拿起湯匙，吃了起來。

「照美，希望你嫁人，也是希望你能夠幸福，更何況我……」愛子撫摸著肚子：「以後可能沒辦法讓你再住下去了吶。」

照美沒答話，把豆花整碗捧起來喝，甜甜的糖水竟有一絲焦苦，而且還越喝越苦。

愛子慢慢起身，準備做飯，照美把空碗留下，回到房間。照美在榻榻米上大字躺著，一邊吸著新榻榻米的香氣，一邊沒來由地想起了戀人身上的香味。戀人身上常常是消毒水混著古龍水似的味道，應該是雄性特有的體味吧。一齊站著時，照美常常貪心地深深呼吸，嗅了又嗅，還總覺得不夠。

像照美這樣平凡的少女，唯一成功的途徑就是嫁人嗎？

一年前照美送別了去滿洲的戀人，那時船隻鳴響的汽笛聲，還存在照美的胸臆間，不時就會響起。那時照美傷心地哭了起來，那次送別，是她第一次擁抱戀人。愛子在旁好言相勸，但照美聽不進去，從那之後，照美習慣寫信，習慣鋼筆刮過洋蔥紙的聲音，一封一封，照美不知道要寄去哪裡，便全部留在衣櫥的抽屜裡。

戀人一封信都沒有寫來。

照美不在乎，滿洲距離臺灣這麼遙遠，怎麼可能說寫信就寫來呢？她只是也想找一天這樣做：買好船票，搭到釜山去，再從釜山轉火車到新京……只是公司的文件堆滿她的眼前，愛子的孩子也還在肚子裡，她沒有理由這樣做罷了。

愛子聽到這件事，嘲笑她：「滿州的大地如此地大，你過去要怎麼找人呢？」

「總會有辦法的。」照美倔強地說。

「好啦，好啦，」愛子輕輕笑：「假設你真的找到他，那你要和他在天寒地凍的滿洲過日子嗎？」

「你不是常說一句諺語嗎？嫁給雞，就要跟隨雞；嫁給狗，要跟隨狗……」照美說，愛子大笑起來，用方言重述了那段話。

「我以為你是新時代的摩登女性，骨子裡也和我一樣守舊。」愛子咯咯笑：「如果是那樣，你嫁給誰不是都沒有關係嗎？為什麼不去相親呢？」

不一樣。才不一樣。照美撇頭看向庭院裡洗曬的衣服，結束這個話題。

像照美這樣平凡的本島少女，有幸在擠滿本島人的市街遇上來自內地的戀人，是作夢一樣，不，比作夢還美妙的事情。

內地人會帶著照美回到內地去的，照美將看見繁華的東京，沉穩安靜的京都，看見白色的雪落在屋簷上、地上，還有兩人的肩膀上。照美在女學校時，好羨慕那些美麗的女同學，談論著之後要嫁去什麼地方，能隨著丈夫到東京之類的地方進修，那是最令人羨慕的。

照美不是那種世家大族的孩子，她只是一貫露出微笑，在角落畫著素描。

戀人想去咖啡廳調戲女給，那就去；想去滿洲闖天下，也可以去；這些事情照美沒有決定權，只是希望離開這個燠熱的小島，越遠越好。

但問及要不要結婚，帶上照美一起走，那時，戀人拒絕了。

照美不知道滿洲除了雪以外有什麼，戀人恐怕也不知道。戀人把聽診器拿下來，放在桌上，說照美的身體弱，不應該到那麼寒冷的所在。

戀人脫下白色的醫師袍，問照美要不要去哪兒兜轉，榮座還是永樂座？不想看戲的話，逛逛街也是很好的，走路對身體有益。

照美堅持地坐在病人的椅子上：「帶我去滿洲。」

戀人搖頭，站了起來，他的影子落在照美身上。照美瞪著他，他有一雙好看的眼睛，裡面裝著一整座海洋，有鯨魚和浪頭一起翻滾……但那雙眼睛不敢看著她。

他站了一陣子，照美還是坐在椅子上，仰頭望著他。

戀人有些猶豫，但最後還是遺下她，走了出去，還不忘和外頭的助手打聲招呼。

照美沒有追出去。她坐在原地，直到助手前來探看為什麼燈沒有關，才看見她。

「是你啊。」助手慵懶地說。

「也差不多該放棄了。」助手是一個年輕的本島青年，有著粗大的喉結，講起話來，喉結上下滾動的樣子挺滑稽。助手開始擦桌子、收拾垃圾，示意照美出去，照美拎起手提包，慢慢走了出去。

「醫生啊，是一群很糟糕的人。」助手說：「有醫德的人，會因為善良，縱容病患賒欠，而把妻子拖累；沒有醫德的人呢，不會讓妻子拖累他。」

照美瞥了他一眼，把手提包甩到肩上，走出診間。

什麼有醫德沒有醫德，雇主的醫德哪是助手可以評論的呢？照美想著，當她因為人潮洶湧而呼吸不過來，眼前一黑昏過去時，是那時還不是戀人的德田先生救了她，這堪稱是奇蹟一般的緣分，照美非常珍惜。當德田先生小心翼翼地端起她的手，喊著要人們讓讓，讓昏倒的小姐可以平躺著休息的時候，虛弱的照美醒來過來，眼前還有白花花的星星在閃爍，也是這時，照美看見了德田先生水汪汪的眼睛裡，泅著鯨魚，狡猾地閃現出尾鰭，隨即又隱沒在德田先生冷而淡然的語調中：「小姐，你還好嗎？」

當然不能還好，照美提著香菇和乾魷魚等南北貨在大街上昏倒，能說自己只是曬暈了或因為愛美而餓過頭嗎？

照美按著心臟：「這裡不太舒服。」

「看來需要進一步的詳細檢查。」德田先生點點頭：「我的診所就在前面，小姐不介意的話，我是內科醫師，讓我來為你檢查吧。」

照美軟軟地抬起身子，站了起來，照美往前走了一兩步，卻感覺好像踩在雲朵上，在她站不穩而往後滑了一跤的同時，德田先生快手把她接住了。當照美靠在德田先生懷裡時，他們倆都看見彼此的眼睛裡有著某種奇特的光芒。

像照美這樣平凡的少女，自然不會知道這次的眼神交會，改變了她的一生。她也還不知道自己的一生是被什麼改變的。

幾次德田先生差人送花給照美，照美都不理不睬，由愛子去打發他們。但德田先生搭船去滿洲的那天，照美還是到了港口。港口下著陰濕的小雨，許多人前來送別，照美撲上去，緊緊抱住德田先生。德田先生的胸膛乾燥而溫暖，依然有著一股消毒藥水的味道。德田先生輕拍她的背，像安撫小孩，輕輕地說：「好了，照美，好了，會再相見的。」

「真的嗎？」照美問。

「嗯。」德田先生從喉間應了一聲。

過了良久，照美才放開德田先生。德田先生大大舒了一口氣，轉身排入上船的隊伍。

照美站在原地看了許久，既不敢相信戀人就這樣丟下自己離開，又寄望戀人記得他的承諾，早日回來。

照美知道他不會回來了。內地人要回家，大可不必經過臺灣，直接回去內地就行。但照美還是每週前去等候，她也不知道自己期望的究竟是什麼——德田先生回來和她結婚嗎？還是德田先生永遠不要回來？又或者是德田先生來信，要她前去滿洲相會？

每當港口停靠滿洲回來的船隻，她就前去詢問下船的人，有沒有遇到一名來自內地，叫做德田的醫生。

回來的多半是本島人，他們往往一攤手，告訴她，內地人有內地人的社交圈，和本島人是不同的，如果要打聽本島人的事情，他們很願意幫忙，但這種情況顯然是愛莫能助。至於內地人，則是異口同聲地說沒有聽說過這號人物。

愛子的肚子一天比一天大了起來，附近的老婆婆都在猜測愛子懷上的是男孩還是女孩？有人說愛子的肚子尖尖，一定是一名壯碩的男丁；有人說愛子的肚子圓圓，鐵定是個可愛活潑的女娃。愛子說孩子健康平安就好，她不在乎是男是女。

愛子拿著幾張照片進到照美的房間裡：「這些都是你最喜歡的醫生，雖然沒有內地人，但我想也還可以讓你過得舒服。幸好我們是國語家庭，希望米能多分一些。」

照美盯著照片，沒有說話。

愛子挪了挪身體，靠到照美身邊，輕輕牽起她的手：「母親還在的時候喜歡說，夢見太陽才生下了你，把你取名照美，是希望你所走的路，都是日光照耀的坦途。」

照美翻揀著照片，她隨意指著一張，說：「就這個人吧。」

「真的？」愛子又驚又喜。

「嗯。」照美應道。

「我盡快安排你們見面。」愛子說：「見了面就會喜歡了，我跟你姊夫也是這樣的。」

愛子看了一眼照片後的姓名，急急站起身，走出房間，彷彿要趁照美改變心意前打點好一切。

照美覺得胸口有點悶，便走出屋子。才沒幾步，看到許多人的隊伍，舉著一面寫滿文字的日章旗，還有大政翼贊會的旗幟。隊伍中男女老少皆有，邊走邊喊著祝福的話語，站在最前面的，是一些穿著學校制服的少年。

照美實在好奇，便跟了出去，悄悄走在離隊伍有段距離的地方，佯裝自己只是路過的行人。

少年們挺直胸膛，大步跨出，宛如枝頭上的青澀果實，既驕傲又羞怯。照美腦中閃過幾首軍歌的旋律，他們將會成為「散兵線上的櫻花」，在盛放的瞬間凋落吧。

少年們鄭重地繞行附近一圈，在火車站由親友送別，有的少年在踏上火車的瞬間流下眼淚，卻轉過臉不讓家人看見。

照美內心一動，卻說不清這是什麼感覺。她哼著軍歌，回到家，軍歌的旋律反覆在腦海中片片斷斷地播放，「散兵線上的櫻花」，七生報國，化做靖國之櫻的櫻花。

下輩子她也想成為靖國神社的櫻花。只要不是臺灣，不是這個小小偏遠，每個人都想往帝國的中心擠去，卻又苦無辦法的島。她想要去華麗而遙遠的異域，她想到帝國中最遙遠的地方見識從未見過的風景，想親眼見證帝國的繁榮和美麗。

她想去滿洲。

如果不是滿洲，比臺灣更南邊的南洋小島也好。

照美從抽屜揀出她挑中的那張照片，左看右看，發現背面寫著一行字：「台中州，田中雄太」，照美嘟噥著：「好土的名字，以後我也要姓田中嗎？」

「不要抱怨啦，」愛子拉開紙門，探頭進來，「明天要和他見面。」愛子想了想，補上一句：「你要是不喜歡，換人也行。」

「沒有不喜歡。」照美說著，轉過頭去。

「不要鬧脾氣啦。」愛子走進房間，坐下：「照美，配給越來越少了，現在這種非常時節，多體諒一點吧。」

照美沒有回答。

「你是我的妹妹，我知道你能懂的。」愛子說。

照美心不在焉地把玩著照片。

「照美。」愛子喚道。

「是。」照美有氣無力地說。

「我還是覺得嫁人並不會不幸，活在世上是一場戰爭，嫁人是幫助你，讓你有一名戰友。」愛子說：「女人的世界是這樣的，如果不依靠他人，是沒辦法活下去的。」

「我自己賺錢，和愛子這樣依靠丈夫的薪水不同，就算沒有丈夫，我也可以獨自活下去。」照美悶悶地說。

「那你能住哪？」愛子說。

「自己租房子住。」照美說。

「誰來幫你煮飯洗衣？」愛子說。

「我自己來。」照美打了個哈欠：「跟你說過很多次了，我跟你不一樣，我可以一個人好好過下去的。」

「好吧。」愛子有點吃力地站起身：「不要忘記呀，明天穿上新的洋裝吧。」

照美點點頭，放下照片。

儘管在愛子的催促下提前就寢，但照美還是翻來覆去的，德田先生的長相竟在此時浮上腦海，她翻出照片，就著月光比對了一下，認為田中的長相還是稍微好看一點。她想不透自己竟然會在意這種事情，她想，怎樣都可以，她準備好迎接一切如同命運和相親這類可疑的東西了。

照美這樣平凡的少女也要進入婚姻了，可以預期將會變得更加平凡，平凡地在家相夫教子，為孩子的成長欣悅不已，因自己的日漸蒼老而感嘆，最終變成一個平凡的、在街角和鄰人說三道四的老婆婆。
她會這樣平凡地渡過一生嗎？
照美用力搖頭，蒙上棉被。再度睜開眼睛時，日光已經大亮。
她換上新洋裝，優雅的碎花布料，襯托腰部、胸部曲線的精緻剪裁，照美轉了一圈，裙襬的小褶子像是在腿上開出一朵花。
愛子非常滿意，像端詳一件即將拍賣的商品。
一切就緒，她們在家裡等待田中一家到來。

到了約定的時刻，門口響起謹慎的敲門聲，愛子前去開門。
媒人婆是個聒噪的矮個子女人，一進門就開始和愛子話家常，而更顯得低著頭進來的田中先生沉默而高大。照美被安排坐在田中先生對面，但田中卻不敢抬起頭看她一眼，照美半開玩笑地說：「田中先生可不要只給我看頭頂呀。」

「是，」田中這才傻氣地說：「是我不對。」說著便把通紅的臉抬起來，第一次和照美對上視線。

「請多指教，我是田中雄太，剛剛從台北帝國大學熱帶醫學研究所畢業，希望結婚之後，能繼承家父的醫院。」田中像是背誦一樣快速地說了一次。

媒人婆咯咯笑著，連眼睛都瞇成一條皺紋：「雄太沒有什麼缺點，就是有點太過老實。」

「令尊令堂呢？怎麼沒有與您一起前來？」愛子問。

「家母早逝，家父本來要與我一道過來，但今早遇上了一個難纏的病患，只得留下來診治。」田中緊張地說。

「您是搭火車來的？」照美說。

「是的。」田中說。

「可以告訴我台中和這裡有什麼不同嗎？」照美脫口說，她不知道自己竟然還是在意婚後生活這回事，如果結婚就表示不能四處閒逛，得像愛子一樣一天到晚待在家裡，照美一定會鬱悶非常吧。

「台北比我想得更大、更繁榮，當然也更吵雜，並不是說我不喜歡熱鬧，只是台北有時有點太熱鬧了。不像台中有靜靜的綠川，柳枝隨風舞動時，感覺涼爽極了。」田中說：「家父的醫院就在綠川附近，離火車站很近，照美小姐，您可以隨時去那兒散步，當然也可以搭火車到其他地方走走。不礙事的。」

照美聽了，點點頭，愛子見她點頭，便開始和媒人婆討論婚期等問題，田中和照美便靜靜地對視了一會，照美看見田中眼睛裡彷彿火車窗景，是綠油油的甘蔗田，甘蔗隨風擺動，如同海浪。

田中輕輕握住照美擺在桌上的手。

照美抬起頭，田中對她羞怯地微笑，隨即收回了手。

忙亂的一天結束，照美躺在榻榻米上，回想著今日種種，尤其是兩個月後的婚期。她抱著枕頭，想像著和另一個近乎完全陌生的人一起生活，是什麼感受。愛子說很快兩人就會熟悉起來，變成無話不談的同伴，照美不置可否。

「也許是愛子運氣好吧。」送田中等人離開後，照美對愛子這麼說。

「照美的運氣也會很好的，畢竟是天照大神護祐的子民啊。」愛子說。

照美這樣平凡的少女，如果祈求幸福，會不會太奢侈了呢？但這一刻，照美真心祈願自己能平凡而幸福地生活下去。

可惜願望通常不會真的成真。

過了幾天，愛子在餐桌上宣布：「婚約取消了。」

「什麼？」照美很驚訝，偷瞄了一眼姊夫，姊夫只是瞇起眼睛，淡然地喝著味增湯。

姊夫清了清嗓子：「田中先生被徵召了，聽說是因為他父親和其他醫生關係不好的緣故。」

「所以他要去哪裡？」照美問。

「不知道。但應該是去南洋吧。」姊夫天生嚴肅的臉此刻看起來更加嚴肅：「他不想耽誤你的前程，向我們提出取消婚約的請求，我們也同意了。」

「照美的年紀也不小了，還是趕快結婚比較好。」愛子說：「我這兒還有一些未婚男子的名單，你再挑選看看吧。」

「我不要。」照美說。

「別任性了。」愛子說：「去戰場的人十個有九個不會回來的。」

「我不嫁。」照美說：「我要等他回來。」

「之前說非德田先生不嫁的人是誰呀？現在又非田中先生不嫁了？」愛子尖刻地說。

「那不一樣，德田先生拋棄了我，田中先生沒有拋棄我。」照美說。

「那你要怎麼做？在臺灣等他回來？萬一他沒有回來呢？」愛子說。

姊夫喝完味增湯，放下碗：「我出門了。」

姊妹倆看著他站起來，拎起公事包，套上鞋子，離開家門，一句話都沒有說。

照美急忙也站了起來：「那我也要出門了。」

「照美，你好好想想吧。」愛子說。

下班的火車還是擠得要命。照美今天一天都無心工作，只想著婚約取消的事。就連站在火車上，隨著車廂晃動都沒辦法把她的思緒從其上拉回來。照美既害怕又擔憂，本島青壯的男子如此多，為什麼偏偏選上田中先生呢？而她也憂心，田中先生的父親和其他醫生關係不好，到底是什麼意思呢？因此田中先生才被指派去戰場嗎？

她看著窗外的風景，忽然又看見大政翼贊會的旗幟，有人要出征嗎？一群少年身披彩帶，走在隊伍最前面，照美仔細盯著那隊伍，越來越靠近車站，人們嘴巴一開一闔地喊著什麼，全都淹沒在火車的聲響中。火車漸漸超過了這個隊伍，抵達車站。照美猜想他們正在唱著軍歌，一面往車站前進。

田中先生也會被這樣的隊伍肅穆地送走嗎？

她也想去田中先生將要前往的戰場。

照美走下車，就算不會遇到田中先生，她也要前往戰地。她已經知道愛子將會悲傷哭泣，知道姊夫會木然地送她搭上火車，她知道戰地將面對無數的血、殘肢和傷患，她還是想去。

平凡的少女照美，去報名了看護婦的訓練，經過三個月在本島的嚴酷訓練後，她將和其他看護婦在眾人的送別下，一起搭船前往戰地。她知道愛子將收到更多的配給，愛子的孩子將平安出生，儘管戰雲密佈，還是會有著光明的前程。

就像名字照美一樣，她相信自己踏出的每一步，都是日光照耀的坦途。

創作理念

照美是我在發展劇本《南十字星》時創造的角色，因為我總感覺照美想說多點話，才誕生了〈照美〉這篇小說。感謝所有為台籍日本兵努力研究及發聲的人們，尤其是許昭榮先生及關懷台籍老兵文化協會對於我的啟發與幫助。

脛骨之海

文・趙鴻祐

01.

他站在遠處，不出聲。他在等。等第一支仙女棒開始燃燒。

碎光炸開，一群人拿著仙女棒去點燃腳下的一排煙火。煙火衝空，硝霧把光淹沒。三合院的廣場，所有還沒成年的小朋友吶喊，年節的鞭炮炸響，濃密氣體兀自蔓延，降落的煙，天網一樣把所有人罩住。大家舉起雙手，胡亂抓著些什麼。

這時他才會衝進去跟著大家嘶吼，數分鐘後，狂歡尚未結束，他矮身，一個人竄出現場。

陳柏翰享受這安靜的縫隙，安靜的童年，反覆數年。

這就是他不曾與他人提及的心事：他迷戀夜空中煙花的炸裂。

二十二歲，他依然沒什麼朋友。系上每門課，總是壓線通過，筆記轉三四手才會到他這裡。他會分享給身邊的人，比方楊，雖然楊好像並不怎麼讀。他最期待的兩個時段是吃午餐、晚餐，偶爾多一段宵夜。

楊與他兩人租賃一間房。這套房頂樓加蓋，冬冷夏熱，單人房加大，唯一的好處是有電梯，一樓大廳要按指紋，其實誰按了都可以開，佯裝氣派。

那次他們下樓，進學校考完期末考試，從偌大的廳堂離開。他問楊：「你剛剛交白卷？根本沒看你動筆。」

楊從口袋撈出一根捲菸：「我覺得寫答案好作賤我自己。」

他翻白眼，說：喔，所以其他作答的人都很賤？

他們走進人滿為患的麵店，排隊的時候，牆上的電視拍到立法院前的廣場，鏡頭裡，學生滿坐。

接下來的考試，更多人缺席了。

楊在現場一直傳圖片給他，問他要不要來。

照片其實很模糊，光線暈成一團難以辨識的色塊，沒有人在照片裡有五官。柏翰看完照片，回他：「我爸line我，說去了要打斷我的雙腳。」楊說，「管他們幹嘛？你根本沒回去過。這是我們這輩子做過最有意義的一件事。」

他知道楊講的話是真。他打字：「不去了。你也趕快回家好了。」楊沒生氣。楊說：「放心。我做了覺悟才來。」

後來的事情他都在電視上看到了。立法院裡一堆青年擁擠成群，他想，楊應該也在裡面。

事後他去病院看楊。楊在見了他以前，笑容就很燦爛。病床旁，擺放著一盤吃了一半的蘋果。

柏翰說：「這麼開心？」

楊說：「我參與了歷史。以後想到這件事，想起這座島嶼的未來，我就會知道自己在裡面受過傷。」

柏翰說：「不好意思，『受傷』這件事為什麼重要？」

楊說：「為什麼不重要？」

柏翰說：「為什麼非得去裡面受傷不可？」

楊說：「你為什麼這麼冷血？我們得衝撞現實。參與過歷史的人，永遠不會忘記那一刻！」

柏翰慎重地向楊道歉。說自己的表達不好。楊翻了翻白眼，拿起那盤水果，把剩下的分給柏翰。

楊出院後數個月，他們返回與從前相去不遠的生活，但楊偶發性失眠的問題得到了解決，他說：「我發現自己根本睡不飽，每天起碼都睡十二小時了。為什麼會這樣？我甚至沒有一場夢都沒有做。」

這是他們當同學的最後一年。楊每一天都百無聊賴，非常嗜睡。兩人的出席表現越來越糟。最後都收到通知，再不出席必修會被當，他們會因雙二一被退學。

期末論文寫不出來。楊索性花大錢，在網路上請別間學校的人代筆，連同柏翰的份一起寫、一起交。

「你幹嘛幫我亂交？」柏翰錯愕得差點捏碎手上的菸盒：「被抓到怎麼辦，我根本還沒決定要怎麼做。」

「我是幫你免於一場被退學的災難好嗎？」楊看著柏翰，攤開雙手：

「還是你以為，作業有多少人會認真寫？能花錢解決的，永遠都是小事。」

「就算我不想寫，你也不能幫我決定。」

「不然你去跟老師說。還是，我去跟老師說？」楊打趣地看著柏翰：「我知道了，我去跟老師說我們找人代筆。然後一起被退學。」

柏翰沉默。

「我沒差啊，你家人知道你被退學，應該比我更慘吧！」

柏翰沉默。

在那間他們常吃的麵攤裡，楊瞥見電視上一年一度的水上樂園在打派對的廣告，跟柏翰提議：走啦，悶什麼？一切都結束了，我們好好玩一場，我們終於畢業了。

•••

水上樂園的人潮比預期得多，柏翰走在路上，不斷被旁人推撞，像一顆擺盪的陀螺。

幽浮迷航、漂流亞馬遜、衝出地平線……他看著薄薄的一張地圖，那些剛剛玩過的設施名稱。他走出設施時，差點忘了自己為何而來。

眾多袒露的身體奔跑來去，濺起水花。波動的肌肉與身體線條，彷彿即將隆起、連綿的山，含蓄地等待一場爆裂。

僅僅兩個小時，楊就疲倦地說：「我好想睡，我不行了。你自己玩吧。我要回家了。」

柏翰看著楊的黑眼圈，冷冷地說：「你很爛，晚上還有個買好票的派對。」

他在園區裡反覆玩漂流亞馬遜。隨著水道緩慢的波紋流動，他從墨鏡觀察四周的環境，這重複的二十分鐘，雖然四處都很吵雜，但他的情緒竟然第一次平靜得像片遼闊的海平面，他聽著自己跳動的心。

這讓他覺得，他唯一需要的朋友，或許就是寂靜。

然後又會想到，他這種人，到今天還在想這些沒用的東西做什麼呢？接踵而來他會面對的人生，是：找工作、是報稅、是……柏翰卡住了。他忽然不太確定自己的人生還有什麼可想？一個與求職有關的網誌，一篇匿名的心得，上面寫：人要找到自己的價值，這是一個新自由主義的時代，你要起碼有一門優秀的手藝，才能找到自己不可取代的位置。

文章寫得很好，柏翰沒有一個段落不同意。他看著滿樂園的人，這些身體，其中，誰是可以取代，誰是不可取代？要如何去分辨呢？

站在漂流亞馬遜終點的水池旁邊，他發現：自己沒有地方想去。

派對辦在場地侷限的舞池。夜裡的舞池充滿各種顏色的繽紛跳動。比早上還要擁擠的身體擠動他。他不需要走，就被一路推到了最前方。

燈越來越亮，越來越迷離。他走在幻彩的琉璃當中，漫遊沒有地面的走廊。傾斜的月亮、傾斜的電子樂，音符也暈眩。這裡的音樂讓他刺耳又同時讓他感到雀躍。他湧上奇妙的、對未來的殷切盼望，也同時對自己身處於這種地方深感窒息。世上有這麼讓人噁心又開心，讓人崩潰又不想離開的淺池，肉色的溝。

粉紅、橙色，濃重的玉米粉，漫天而落，彷彿從夢裡湧出的大雪。

柏翰在人群裡張手，用力大吼：「我——畢——業——了——」

身邊的人被他嚇了一跳，然後陪他亂吼：恭喜恭喜，要開心，鵬程萬里喲！

此時柏翰的餘光裡，一抹豔紅衝上夜空。

驚呼是海嘯，拍過他，他回首，慢慢抬頭，火就忽然捲向他。

他始終無法克制地迷戀夜空中煙火的炸裂。

他耳邊壟罩著楊那一句話：「我們得衝撞現實，參與過歷史的人，永遠不會忘記那一刻啊。」

如今，他非常確信楊是對的。

• • •

他沉重地醒來，聞到刺鼻的消毒水味。

他醒來很久了。起初不願動，但是光不再破碎，光線集中且具穿透性，刺進他瞳孔，將他眼皮熬得漸漸熱辣。

睜眼之後，他看向電視的方向，新聞裡恰好截著網路平台的留言：

噓Abbc1665：會去那邊玩的本身也不是什麼好東西吧……

噓Fr0000：乖乖待在家不就好了@@，這樣要申請國賠也太超過

推iilaa：推顯眼，自己玩就要自己負責，貪婪嘴臉讓人難以接受

畫面再度切換：豔陽底下，一堆麥克風組砌成一排矛牆，槍尖紛紛頂向從警局走出的負責人。對方卡其色鴨舌帽下面有一張陰鬱的臉，他在記者面前忽然停步，說：

沒錢、沒錢！我對不起社會大眾，但我真的沒錢！

負責人鞠躬，負責人跪下。鏡頭外燈光瘋狂閃爍。

他瞥見自己青蘋果色的床、潔白的牆，還有牆角脫落的漆。床頭旁

有一盤水果。他想起自己曾看過那盤子，看見過上面有半顆蘋果。隔壁床一直用手機看新聞轉播，開著擴音。

一根手指也不想動的柏翰，此刻發現，自己是一團活下來的灰燼。

楊來看過他幾次，眼中淺藏著一股極其隱晦的、死裡逃生的快樂——唯獨當柏翰躺在那張床上的時候，他才能從平面的視角中，去全盤接到這股從他眉間、吐息、語氣中放肆流淌的情緒。

他想：楊不可能意識到自己身上這種眼神代表什麼，又傷害什麼。這份無知、這份憐憫，讓柏翰對他的反胃漸次高張飽滿。

最後一次楊來看他，說大家在約畢業前的最後一餐。楊收到學生會長的請託，轉達一群人想來探望的意願。柏翰聞言，瞬間如同一座從平地豁然奮起的火山：「幹你娘都滾啦！我不是你們的標本，你懂嗎？是你找我去的，你還先走，你知道嗎？……」

楊被他口水濺得滿臉，他親眼看見楊沒有波瀾地擦掉臉上的唾沫，餘光掃過他滿是白色繃帶的身體：「陳柏翰，你不要這麼激動，好嗎？我們是關心你，你有必要這麼敏感嗎？你怎麼就是不懂我們把你當家人？」

他也看著自己滿是繃帶的身體。

然後想著那一天，那些層巒疊嶂的肉身曲線。

最後是自己現在的日子：每天都反覆割皮。

護士說，忍耐一下喔，割掉之後，才會長新的；慢慢來，深呼吸，一下就結束了。割掉之後才會長新的。他忍不住去想像，落刀那一刻，縫隙裡還能有怎樣的新生。他覺得自己是峭壁裡的一株將死未死的野草。

他父母每天來看他，為他加油。

他沒有憤怒、沒有無奈，躺在稍動就發出聲響的病床，看著那盞燈，有些麻木地告訴自己還是得先好起來。

全身上下許是只有一對眼睛是健全，稀薄的夜光穿入他床底。

「你未來還有大好前途耶。」他的母親提醒他，替他削蘋果：「人生還這麼長，慢慢來，復原之後，可以去做所有你要做的事。」

他聽見水滴落入甕中的聲響。滴答、滴答。規律且綿長，迴盪成一片巨大的白噪音。

隔天醒來，他在復健課程上練習走直線。

他的雙腳即便使用輔助器支撐，只要出力也還是非常疼痛。

復健的教室內，所有人力透汗衫，背脊整片濕潤。

旁邊十九歲的少年躺在地上，問柏翰：「嗨。你好了之後想做什麼？」

柏翰喘氣看著教室裡的一面鏡子，上面映照著一片仰頭喘息的人，像是又打了一場敗仗那樣。他說：「你先說好了？」

少年說：「我未來想開一間麵包店。但我的手現在沒辦法出力……」

「為什麼想開麵包店呢？」

「我第一次做青蔥麵包分給同學吃。他說，不知道為什麼，明明味道很普通，可是握在手上有一種非常滿足的感覺。我聽不懂那是什麼意思，可是我得到了很多成就感。你有類似的經驗嗎？」

柏翰起身，重新折磨自己的雙腳。

直到課程結束，他都沒有回應那名少年。

不知不覺，他成為渴望能夠睡眠的人。每一晚他能辦到的，僅僅只有闔上雙眼，所有的步驟都只能走到這裡：因為他沒辦法控制接下來的事。煎熬、淺眠的夜裡，他甚至開始懷疑，自己是否從未睡過一場真正的覺？白日，因休息不足而隱約疼痛的眼，讓他免不了在各種時分需要臨時閉目，而在這半小時到一小時的空檔中，他會想像溪水橫流的聲音。這讓他心安，這是他最靠近睡眠的時候。

在偶發、淺眠的夢中，他沿著充滿卵石的岸邊漫遊，有時候會踏進溪中，天頂有顆巨大渾圓的白雲。

在這裡，時間失去意義。他也沒有地方想去。索性朝著前方筆直前行，試圖推展四周的風景。風徐徐地擦過他每一寸露在外面的皮膚——他短袖短褲，膚器敏感——引誘他的事實上並不是那輪廓清晰的雲。

而是遠方那一片正在搖晃、折射著陽光的大海。

他加倍努力地復健，忍耐痛苦。他總是最早抵達教室，最晚離開。痛苦確實逐月降低。拆繃帶前一個月，他的母親在病床旁邊忽然流下了眼淚。他問她，為什麼這麼突然？

他的母親說，要不是因為這件事，我們已經好久沒看到你。

他的母親一隻手掌撫住他繃帶上，說：「你人還活著就好，錢也沒關係。我們可以重新開始——」

「重新開始」這四個字，猛然撬開他迷茫的意志。一股念頭剎那並強烈地誕生：他想站起來。那種雙腳貼著地面，能把自己的兩隻腳都蹬進土裡面的那種，用力地站。

思及此處他便覺得雙腳很癢。彷彿召喚。彷彿腳正對著他說：「怎麼還不使用我？」

這粒種子埋在他心間，於破碎的時間裡日復一日地發芽。

每天簾縫中鑽入的光亮，都在助長芽苗進行飢渴的光合作用。

後來的復健課，那名想做青蔥麵包的少年不再出現。

他問了同一間教室的同學。同學說：「啊，他復原得很快，上禮拜就提早出院了。」

他默默點頭，看著教室裡的一面鏡子，覺得教室裡的聲音變安靜了。

復健師沒講，但他透過與他人的比較中，發現自己復原進度很緩慢。有些人天生做甚麼都很快就上手。有些人天生就是走得快。

他知道自己不是那種人。

・・・

即便是下課，柏翰也會自主偷練。

他會在半夜三四點醒來，默默聽著秒鐘的聲音，把身體慢慢支撐起來，並嘗試不發出聲音。

為了逼自己每天務必進行這種練習，房間完全熄燈的前一個小時，柏翰會自在、輕鬆、默默地喝足一千毫升的水。

他不需要計時，他的膀胱就是身體最好的鬧鐘。他必須完成這個練習，否則無法安心培養他的下半場睡眠。

他擺動自己的腰跟腿，讓一隻腳的腳底先著地。腳底貼在地面上，他可以感覺到，隔著一層繃帶，地面依舊涼如冰水。

柏翰的右腳拇指，輕輕磨蹭著地面。

但這樣的磨蹭，沒有帶給他預期的觸感。他的皮膚正在增生，那些該回來的只回來了一半。或者一半不到。

他下床，把腋下支架夾緊，彷彿支撐的是搖搖欲墜的膀胱。每一步越用力，就踩得越小心。柏翰如同行走在布滿裂痕的薄冰。

他算準了病床內秒針走動的聲音，把腋下支架每一個點都點在秒針走動的節點。越來越粗重的呼吸，是他僅有的一個破綻。

走到房內共用的廁間，推開門，關上。

至此，整個練習才終於進展到一半。

柏翰迅速把褲子脫掉，他張望自己顫抖、小心的尿液，宛如是他方才走進廁間的蜿蜒弧線。

他打了一下冷顫，把褲子穿好。

走回去的路途平順許多，沒人受到驚擾，他完成了一次心中的完美週期。

然而復健課上柏翰的進度依然沒有進展。夜晚的順利彷彿他獨自做的一場美妙的夢。復健師極有耐心，對方的笑及鼓勵，聽在柏翰耳裡十分空洞。

他只好越發堅定地相信：自己需要課後的練習。他只能依靠自己了。偶爾柏翰的母親會買波羅麵包與一瓶300ml的義美牛奶給柏翰當早餐吃。當柏翰拿著那顆波羅麵包，他總會想起那個少年。

他出去之後還順利嗎？他進展到哪裡了？

那陣子，柏翰常常滑到幾篇零星的報導。

一名輕症者勇敢地秀出皮膚的疤，選擇不願貼美容皮膚。「我不想將那樣的傷口引以為恥。」該名已康健的傷患向記者陳述：「我想從這樣的地獄裡重新爬起來。事實上，我不覺得自己失去了什麼，我反而認為我在裡面得到了更多。」柏翰讀完這些報導之後，非常開心，像撿到某張重返賽場的門票。

睡前他喝了滿滿兩壺水，他的母親終於起疑心。

柏翰解釋：「我只是渴。」

「你白天喝很多了。」他母親說。

「畢竟是夏天，我身體很需要水分。」

他拿起那瓶容量一千CC的塑膠水壺，仰頭就灌了一大口。

半夜三點，柏翰忍著尿意，直到無法自拔。

膀胱漲得像是燃燒，好像有一團水在裡面沸騰，尿道裡穿梭。

柏翰忍受著壓抑的灼燒，攀爬起身，他感覺到自己的下肢關著一缸子堵住的水，無路可去，而千百隻螞蟻在渾身嚙咬。

他熟練地坐到床緣。熟練地下床。熟練地拽住支架。流暢得無一絲猶豫，堅定走向廁間。關上門，拉下褲子。所有的流程都沒有失誤。

他尿完以後，感受到自己的生殖器有種痙攣的痲木。介於酸與刺之間。過度緊繃後又急速鬆弛，胯下兩邊有當機錯亂之感。

他打開門，卻忽然發現自己好像能站。

他的腳，這時不痛了。

柏翰拖著腳，拍開病房的燈。整間屋室瞬間慘白，螫醒所有人。

他的父母驚醒，被柏翰嚇到，衝向柏翰想把他扶起來；柏翰卻將兩人嚇阻、推開，其他病人紛紛欠起身子在看。

懷疑的目光中，他揚手甩飛自己的腋下支架。他朝向爸媽說：「你們看，我可以站起來了，我靠自己站起來了。」

他褲角劇烈的抖動。接著，柏翰失去力氣，正面癱腿下跪。然而他右手反應迅捷，在雙親衝上來攙扶以前，他猛力用手掌撐住右側一根床尾的握桿，單手挺住自己傾斜的身體。

那張床用力震動，床上的病友眼神驚慌：「天哪，幹，你這個瘋子！」

兩周後，那名病友辦理出院。柏翰轉頭凝視那張空蕩蕩的床，一再反芻自己站起來的那個晚上。

一次又一次，他親眼送走其他康復離去的人。

病房隨著時間越來越讓他感覺陌生。來自不同地方、不同原因的燒燙傷病人被送進來，再送出去，如同他失去又增植的皮膚。

等待柏翰辦理出院的時候，和他同一個原因入院的人已經屈指可數。

出院那天他快樂得不得了，雖然他完全不確定自己在期待的是什麼。

拄著拐杖，他在走廊上，突襲、握住所有根本不相識的病友手腕，一路和所有人道別。

02.

漫長的紅燈。八十五秒後，大馬路口的號誌終於轉成綠燈。數輛年久不休的烏賊車噴出濃淡不一的黑煙，把整個空氣染成一大片灰暗的圖層。他從濛濛的煙裡穿了出來，騎著一台黑色的三陽。車殼上有許多褪色的刮痕。一切都融到風中。

風中他繼續穿出，經過永康街，騎入一條隱密的巷子。

轉了三次彎，緩緩來到一個壁癌斑駁的老公寓底下。

機車熄火，柏翰下車，將整袋麥當勞從送餐箱裡拿出來。太陽十分毒辣，為了防曬，他始終穿著薄長袖、薄長褲。

有時雖然已經滿身是汗，柏翰會覺得其實根本沒那麼熱。

他看著這幢公寓，住在這棟公寓裡的都是怎樣的人？

將近一年以來，他在外送上遇見了各式各樣的人。雖然與這些人並沒有任何取餐之外的交集，卻讓他有種泅泳於人海間的錯覺。

曾經不經意幫知名實況主送餐，對方看他模樣特別，請他留下，叫工作室裡的攝影師拿出手機來錄影，做簡單街訪。

「你是賺自己的生活費嗎？還是只是零用錢？」

「呃，生活費。」

「你是天生就長這樣嗎？」

「不是。」

「那是什麼原因，我們可以了解一下背後的故事嗎？」

「我22歲在發生火災的樂園裡面，我差點被燒死。」

對方訪問到落淚，但柏翰一直沒甚麼情緒波動。

那則17分鐘的影片在影片平台引起了回響，被諸多網路媒體轉載。許多人又想起了那場知名的慘案，紛紛貼了許多相關追蹤報導。

但柏翰的送餐人生還是在各種烏煙瘴氣中穿越與衝出。

忽然一陣怪味，把柏翰從過去的時間裡拉回來。取餐的人還沒來。他有些茫然。

對方的名字實在眼熟，他開始搜索腦中一些少量的資訊。

Instagram中，同名字的人經常寫著區銷售第一，搭配著許多錦旗的合照。

偶爾發布的現動，也會跟同事吃的餐廳合照，搭遊艇，閃亮的酒杯。更偶爾的長文裡，則寫著真摯的努力過程，充滿誠懇的人生經。

思考到一半，那人總算下樓，還戴著口罩，梳一顆油頭。上身穿著非常緊緻的西裝，袖口小捲，朝柏翰揮了揮手。

他走到了柏翰面前，伸手要取走那一袋麥當勞。

柏翰看著他的眼睛，很確定那就是自己見過的人。與當年的模樣相比，對方的眼神已有變形的銳利。

對方提走了麥當勞紙袋，轉身回去；柏翰脫下口罩，喊了一聲他的名字。

「喂，楊俊傑！」

楊回頭，看著柏翰，眉頭逐漸揪在一起。

柏翰說：「你大四的時候，找我去玩水上樂園玩，你忘了喔。」

楊瞬間露出微笑：「真的是你？點餐的時候還不敢確定。名字很大眾啊，結果忘了。」

柏翰說：「還以為你真的忘記。」

「誰會忘記那種事？才過幾年而已。而且你還上節目不是嗎？很紅耶。」

楊說完，兩人忽然陷入短暫的沉默。黏熱的風，不知從何處捲來淡淡廚餘味，在他們之間散開。

「你有空嗎？你急著跑單嗎？」楊指著還沒有關的大門。「我們去買點別的東西，我現在剛好沒事，一起上來吃個飯？」

「嗯，我不急。」

柏翰捏起手機，把後續的餐點轉單。

・・・

楊的套房堆積很多箱子。有些箱子半掩，他瞥到一些DM，它們平整得像是一件熨過數百次的襯衫。

「放心，我不會要你買這些東西。」楊把一大袋從全家買的飲料跟零食放在整個房裡面唯一一個方形Ikea塑膠桌：「坐地板不介意吧？我有舖巧拼。」

他慢慢坐下來，看著楊的藍色襯衫。「你午休回家吃飯，公司在附近喔？」

楊說：「沒有，上班時間自由分配。沒問題的。」

他看到楊的牆壁上掛著兩顆時鐘，分別調了不同的時間。

楊看到他的眼神，解釋說：「上面一個是台灣時間，另一個是德國的時間。我每次看這些時鐘，就告訴自己：這些時間是不會等人，不會等我。我一定要把握現在，然後去到那些地方。我要移民，過新生活。」

「移民？你過得不好嗎？」

「這是我的夢想。」他說：「你不覺得拿了一張新身分證，很像重新再當一次人嗎？捏著那張卡，好像從此有了不一樣的可能。」

「所以在這裡不好嗎？」

「不差。」楊說：「但我覺得，應該可以更好。」

「哦。那怎樣才算夠好？」

「戶頭存款一千萬。被動式收入夠豐滿。有一間房子，一間車子，一個太太，然後再養個兩三隻寵物。一貓一狗，說不定養個鳥也不錯。或是整缸的魚？」

「你喜歡的動物未免也太多了。」

「不像你，我記得你什麼也不喜歡。」

柏翰不禁笑了，他說：「什麼也不喜歡的是你。你以前考試，連申論題的答案都不屑寫。」

「哈哈，我都忘了。話說回來，現在我也還是覺得寫那些答案依舊沒有意義啊。」

「你還沒說為甚麼想移民？」

「我講過啦，我覺得，我值得更好的生活。」

「你怎麼會認為去國外會比較好？Youtube已經上很多人在講，國外打拼沒有想像中簡單。」

「但他們沒說的是：雖然不簡單，但我還是堅持住在那裡。這是為甚麼？」楊的指頭，敲了一下桌子，雙膝開始慣性抖腳。

「因為他們要拍影片，他們需要流量。」
「拜託，那是『生活』。」
柏翰不是很明白楊那句話的意思，但他依舊替楊掏出紙袋裡的麥當勞，將雙層吉事堡、中份薯條還有大杯且正在退冰的可樂整整齊齊擺放在桌上。
柏翰催促說：「你吃啊。」
楊擺擺手：「我分你。」
「我不餓。」
「我希望你可以多吃點。」楊說：「這幾年你都在幹什麼？」
他想了一下，老實地說：「其實大多數的事，我應該都做不了。」
楊非常仔細地打量起柏翰，充滿好奇。柏翰動也不動，被他凝視了很久。楊將麥當勞紙袋揉在手心裡，緩慢搓揉、使之變小：

「我也很慘。我只能前進了。怎樣都不對。前女友說要有個家庭，所以我拚了命想要有錢。但怎麼賺都不夠，沒想到我還變窮。回去念書補學歷也已經念不動了。她家裡人嫌我不好。他們家開工廠的。最後還是分手了。很無聊的事對吧？但我花了大把的時間對她認真。我媽也以為我變好了。只有我自己知道根本沒有。我什麼也沒變……」

他專注傾聽楊說話。楊的聲音高亢低落、高亢低落，頻率很固定，編織成一首奇怪的歌，而他像一台靜坐的機器，任這些曲子在耳邊盤桓。

楊最後問他為甚麼在做外送，短期缺錢嗎？記得外送很累的啊。你什麼時候開始做的？之前都做什麼工作？這些年一定過的很辛苦？

柏翰沒有回他，有點艱難地起身：「不聊了啦，我還要回去照顧我媽。」

「你媽怎麼了？」

「最近身體不太好而已。」

走之前，柏翰在楊的玄關上，放了那餐麥當勞的錢。他並不圖什麼，單純只是想請他吃這一餐。畢竟除了麥當勞外，其實柏翰也不想請他吃別的東西。

03.

一則搬運自中國的抖音的臉書短片：矮小、身形彎曲的侏儒坐在輪椅上，穿著休閒T恤，懷裡抱著一袋便當，用手抓著輪椅，平靜地滑進了一棟氣派嚴謹的商業大廈。

在遼闊的出入大廳，地面打蠟到反光，幾個西裝筆挺的人走過來，鄙視眼神看他，羞辱了他幾句話。

彎曲的侏儒抬頭，眼神射回去，面不改色的聽著他們凌遲他人的語言。

那些人罵完就歡快離去，而侏儒若有所思，卻帶著自信。忽然，一個人走入畫面，開始服侍這位侏儒，問他怎麼穿成這樣呢？這個影片他沒看完就滑掉了。他知道劇情後面的反轉，這些短片都是同樣邏輯。

他繼續滑。

「你去看你爸了沒。」

陪病床上，柏翰被慢慢轉醒的母親打斷。

「看了。」

「你有沒有好好吃東西？」

「有。我都有記得吃飯喝水。」

「我今天那個護士跟我說……」

「你不要再兇別人了喔。」柏翰說：「我幫你找的看護已經被你罵跑兩個了。我沒那麼多錢再請。」

「為甚麼我會兇她？因為她把我用很痛！」

母親忽然激動起來，他從陪病床上站起，把母親按在床上，安撫她的情緒。他拍拍她的肩，摸摸頭，再餵她喝一點水。

問她要不要上廁所，餓不餓，現在去幫她買。

在便利商店裡，柏翰站在冷氣的出風口，凝視著品項眾多的飲料，尋找母親想要的蘆筍汁，尋找母親走到今天如此神經質的原因。

在冰冷的出風口下，柏翰忍不住思考：棺木開始燃燒前的父親，是否也經歷過同等甚至更嚴酷的冰冷？或者在他生前，他一直都感覺很冰冷。

否則又為何走到了馬路中間，遭受一台大卡車的迎面衝撞。

他們無法理解。以至於拿到那筆鉅額的保險金時，她跟母親無法不去想，這是父親把日子過下去的一種決定，他孤獨、果敢地做下了這個選擇。

畢竟原本的存款其實在將柏翰撈出醫院時，就已經燃燒見底。

原來，連剩下的生活只是餘燼的一種。

每個禮拜天，柏翰都會去看父親。父親現在是他唯一的聊天對象。

父親很安靜。柏翰會在那邊待三個小時，聆聽四面環鳥的聲音。還有佛堂的誦經、沉重而穩定的跫音。那裡沒有認識的人，除了他自己。

非常平靜。離亡故的人那樣近。等待自己對世界的冷靜。

終於安撫了母親那晚，柏翰回家裡獨自睡，睡得並不好。

他翻來覆去。琢磨很久，究竟是出了什麼問題。

他比對了家中與病院裡橫躺側睡的優劣，最後有一個推測，那就是他有點習慣消毒水的味道。

好想運動。好想跑步。渴望心肺訓練、有氧運動的大汗淋漓。

他想起復健。復健的時候他經常大汗淋漓。

從此之後他沒看過想開麵包店的少年。

這幾年也沒聽過任何相關的倖存者開了麵包店的新聞或是報導。很多人已經上了軌道。也許他也是。

在床上，他彎腰，壓著自己的右腳的腳筋，接著慢慢拉開自己左邊的褲管。

他的腳——那是一根細長的銀質管線，足部套著一雙愛迪達的拖鞋（這讓他不用看到那很矬的塑膠腳底），他繼續向下，撫摸纖細又堅韌的，他此刻完整的腳，想像自己摸索自己的一根小腿骨。

最原本的骨頭，到底長什麼樣子呢？

薄簾透進夜光。銀色的義肢在夜光下，側緣映照著皎潔的白。他忍不住去碰，發現那也是細小而不可觸摸的一片海。他輕輕搖晃。

他看著薄簾外，模模糊糊的一顆月亮。

即便遮了一層簾子還是掩蓋不住月亮那肥潤的圓，完滿得像要流出汁液。

隔天他陪母親吃了一場漫長的飯。

他聽母親唾罵著護士的不上心。以及其他不知從何聽來的，關於看護的恐怖傳聞：凹折他人的身體、見死不救、用最低俗的語言彼此溝通。

柏翰說，他今天又去看了一次爸。

母親聽到以後又忽然發作，罵他生前又沒跟父親多好。也不回家。整天當想法奇怪的年輕人。正事不做。

柏翰點點頭。他出奇地同意。他完全沒有任何恨意或是一點點憤怒。

仔細一想，母親說的基本都是正確。

在母親的叨叨絮絮中，柏翰想到曾來探視過好幾次的宗教團體已經多月不來。彼時，一群穿著制服的人圍繞在他和母親的周遭，非常溫和有禮地說：「每個人來到這個世界上，多少都會有需要經歷的魔考。」

「這讓我們的生命，淬鍊出更多的意義。」

「或者這就是讓我們締結在一起的緣分，生命會更有力量與韌性。」

柏翰問：「請問師兄師姐，生命沒有力量與韌性，會怎麼樣嗎？」

「是誰定義了我們的生命？」

「為甚麼有些事情注定會發生？」

一群人略顯尷尬，所有的答覆都無法滿足他。

數次之後，那些人就不再來。

他感覺自己像一個不可理喻的嬰孩，被困在一個過於龐大的軀殼裡面。

這個肉身無限地邁向破壞與衰老，而內在卻永恆地在某一個時間裡空轉。

這一晚他離開母親，離開醫院，也離開父親，獨自走入一間販賣煙火的五金行。

十五分鐘以後，他步出那間五金行，腳步穩健，走到一座沒有行人的公園，滿地都是枯枝壞葉。他每一步都踩斷了葉的身體。

不遠處有一個破敗的涼亭，三張長椅鋪滿黃掉的棉被。

他穿過涼亭，經過生鏽的單槓與眼珠掉漆的大象溜滑梯。

他走向更深的地方。周遭一片寂靜，漆黑幽邃，像無限擴張的漩渦。

柏翰滿身是汗，終於停步。

他盲眼掏出紅色塑膠袋裡的每個煙火，放在自己身前。

彎下腰，他用打火機點燃仙女棒。

碎火通明，他接著將仙女棒點燃另一盒萬里紅。

數秒後，煙火衝天。他聞到煙硝的味道，鼻子不小心太得靠近，鼻尖被風銳利擦過，有點燙。

抬起頭，他的瞳孔瞬間流淌出七彩的河。在河的縫隙裡，陳柏翰放聲大哭。

光在夜空中匯聚成一片遼闊的海，溫柔地將他包覆了起來。

創作理念

柏翰是我很喜歡的一個大學同學，這個故事並不取自他本人，我只是偷用他名字。修改小說的日子，我經常聽見故事中的柏翰提醒我：「我過得一點也不差，你是知道的吧？」我知道。我一直記著這個提醒。

工讀生

文・劉子新

他是在國中同學的限時動態上看到的徵人廣告。

工作地點就在離家騎車二十分鐘旅程的休閒牧場，小時候家人經常帶他去，裡頭有牛、鴨子、鴿子和馬一類的動物，不過他已經很久沒有去過了，印象中腹地是很大的。

他今年大學畢業，畢業後就先回了家，原本想著只是休息一下，順便修改履歷，最後就莫名其妙的待了三個月，履歷也只寫到一半。雖然他沒有很想工作，不過待在家裡也被唸得煩了，於是在看到那個廣告時，他便私訊了朋友，問他詳細的工作內容和薪資待遇。聽聞只要幫忙打掃環境、處理一些牧場的瑣事就好了，雖然薪資不算太高，但勝在離家很近，如果有人介紹又不需要履歷，於是他便決定應徵。

雖然在私訊同學的過程中，他一直在想為什麼自己要是一個「人」。當人太麻煩了，躺著會有罪惡感，做事會累，安靜會無聊，社交又很令人疲憊。

第一天工作的早上，他沿著山道騎著機車，總覺得路旁的許多建築與標誌，都比自己記憶中得小了許多。經過道路旁同樣意外矮小的土地公廟時，他因為覺得它小得太過驚奇，還停機車湊上前看了。不過沒幾秒又跨回車上，天氣實在太熱了，上班果然連通勤的過程都使人痛苦。好像總歸沒有什麼舒服的生活方式。還不如牧場裡被圈養的動物舒服。

這個夏天熱得令人髮指，待停了車之後坐墊與安全帽都發燙得無法長久的觸碰。他把安全帽收好，牧場建在一個小山坡上，距離牧場還有一大段台階。

那石階之間多有青苔，兩旁的花盆內亦是雜草叢生，頂上的遮陽棚看起來也很破舊，地上還四散著一些塑膠碎片。他就這樣踏著自己和很多陌生的人許多年前的足跡拾級而上，終於走到牧場的門口。

先去找了負責人和以前的同學交接了一下工作，就可以開始了。牧場裡散漫著草的腥味和動物皮毛的悶臭味，一整天他學會使用刷子刷洗帶著動物排泄物髒污的水泥地，把那污水推進水溝裡，看它們被地面的弧度弄得彎曲再流進排水溝裡時，他竟然覺得意外的痛快。

一個禮拜左右，他就習慣了在早上七點起床，洗漱、換完衣服就騎車到牧場工作。牧場的人潮比起他記憶中的樣子少了許多，就算是暑假也不再有那麼多親子一同前來，偶有幼稚園或補習班帶著浩浩蕩蕩的小孩成群出現，然後就能看見老師帶著小孩停在欄杆或動物前，然後小孩就會發出此起彼落且有些混水摸魚的英文單字的聲音。

這天，牧場的天空是清透乾淨的藍色，萬里無雲的時候天氣自然是很熱的。昨天他學會打冰淇淋了，只不過牧場的冰淇淋不知什麼原因，溶化極快，經常他還沒遞出去，就已經看到邊緣開始溶化。滴下的甜膩汁水落在小攤的木棧板上，他有點懶得彎下腰清掃，總用鞋底把痕跡抹開，權當清理過了。

同事的小孩趴在冰箱上看平板，短影音裡的罐頭笑聲時不時響起，他覺得有點頭暈，手上的手機大概因為外頭的天氣和他已經玩了一段時間而變得燙手，他只好把手機擱下，開始看著天空發呆。

今天又有一個補習班帶了大約四五十個國小小孩來，他們穿著統一的、刺眼的螢光色衣服，一出現就四散各個不同的區域，這個年紀的小孩聲音總是很尖銳，好像也把乾淨的天空攪得渾濁。當他看見一個綁辮子的小孩正伸手穿過欄杆拍打被綁在一旁的馬匹時，只好放下手機去制止，類似這樣的事情層出不窮，他制止了兩三次就放棄了，反正也不在他的工作職責內。

這個夏天的熱氣會熨進鞋底，櫃檯的同事看小孩都沒什麼消費能力，就讓他去其他區域幫忙。

老闆見他過來，又開始抱怨最近生意越來越差，大約是因為ＡＩ浪潮，和少子化，又要被迫轉型。他不知道牧場人潮漸少和ＡＩ有什麼關係，不過老闆就是喜歡說些故弄玄虛的話，牽扯些沒什麼關聯的名詞就要滔滔不絕很久，他低著頭聽著，最後老闆要他穿上毛茸茸的玩偶裝去碰碰車區看能不能多招攬些小孩。

他抹了抹脖子上的汗水，想原來穿上玩偶熊裝就是轉型。老闆說玩偶裝放在位於供孩子們追逐的草地邊緣的倉庫裡，他只好自己跨過那一大片草地去拿，綠地都被烈日曬得很乾燥，踩下去的感覺就像真正踩斷了草，還有一些細小的白蟲子在腳步間跳躍。

倉庫有一股陳年的霉味，玩偶裝也是，倉庫有兩套截然不同的，不過都套在已經脆化的大黑色垃圾袋裡，他把兩套都從垃圾袋裡抖出來。

一套是卡通風格的螢光粉紅兔子，另一套則是很仿真的黑熊。

他彎下腰，用鼻子去嗅那兩套，覺得還是螢光兔子更臭、更厚一些，於是把黑熊玩偶裝拖到陽光下的那片草地，想著曬十分鐘也是曬，至少讓那霉味稍稍散一些。

草地暫時沒有人，想來那些小孩也不算完全失去理智，誰會想要在正中午到草地上來瘋跑。根本得不到樂趣，搞不好還會被曬得脫一層皮。他躺在熾熱的草地上，用身體捂涼了一小塊草皮，陽光落在他的臉上，他瞇起眼睛看太陽，太陽好像變成一個巨大的放射狀光點，天空也像一張被煙頭燙壞的紙。

身旁的聲音漸漸變得遠了，他隱隱聽見老闆在遠處喊他把玩偶裝穿上，他一邊無奈的把自己套入那陳年的汗垢與灰塵之中，一邊想，該死的轉型原來是這樣嗎？

不覺得這些努力……能說是努力嗎？根本就只是在悲哀的基調上雪上加霜，能改變什麼嗎？那些弱小的掙動不會改變命運的節奏，成與敗不就只是有沒有乘上那股風潮、那次景氣。他憤憤地穿上那厚重的布偶裝，沒有人替他拉上背後的拉鍊，他也樂得如此，至少有地方能夠稍微透氣。

彎下腰擠壓腹部的布料去拿起那頭套時他感到最為屈辱，套上頭套前他深吸了一口氣，可卻還是在套上之後劇烈的咳嗽起來，他想他剛剛清理完頭套裡的蜘蛛網後是該把頭套翻過來甩一甩的，雖然不知道有沒有用就是了。

雖然五分鐘後他熱得頭昏眼花，不過至少是習慣了一些，然後他搖搖晃晃的走到碰碰車區，期間不斷想著自己視線看出去的地方是熊的嘴巴，又覺得有點詭異的幽默感。

他很快就覺得老闆是不是提這個要求本來就只是想整他，畢竟炎炎烈日，沒有人過來這個區域，就算他穿著玩偶裝在這裡，也不會有什麼改變。

他於是蹲在碰碰車旁的花圃邊，看蜘蛛結網。那細細的腿支撐牠一圈一圈移動，隔著頭套，他看不太清楚蜘蛛網的紋路，只能偶爾從風吹來，網照到陽光造成的反光中判斷那網確實一直在變堅固。

他很無聊的想，蜘蛛是如何確認一張網夠大而決定停下呢？還是永遠不會有這樣一天，牠就不斷的織網然後修補，修補然後織下一張網直到永遠。

餘光見老闆似乎走開了，他早已被熱得幾乎窒息，又見周遭仍然沒有人，就想先把頭套摘下來喘口氣。

於是他用同樣毛茸茸的手掌抵在頭套之下，試圖將頭套撐起，原本認為並不是太困難的動作，卻不知道為什麼，怎麼都沒有辦法達成。

他餘光中看見有鴿子飛過來他身邊，轉了幾圈後扇著翅膀站在花圃邊緣，翅膀揮過剛剛蜘蛛織網的地方。

在悶熱的窒息感下，他變得著急起來。他嘗試彎下腰（雖然因為腹部那鼓鼓的棉花填充物的存在而收效甚微），可饒是低下頭也沒有辦法把頭套甩掉，他覺得有些挫敗，又覺得很莫名其妙。頭套與身體的部分是分開的，並沒有拉鍊或鈕扣連結，照理來說並不會有弄不下來的問題。

他從頭套的嘴巴位置看那一片黃綠色的草地，對著悶熱的景色發呆了一陣，爾後突然驚悚的發現身後那他沒拉起拉鍊的縫隙，竟然不知從何時起，一點風都沒再吹進來了。

雖然向後看的動作對於他而已很是吃力，但他還是努力回過頭來，可本該透進些光亮的拉鍊縫隙，卻是真的實實在在的消失了。

他的心跳幾乎停了一拍，又覺得是不是自己熱昏頭了，沒看清楚，可他再一次艱難的轉頭去看，結果還是同樣的。那道縫隙確實是消失了。

他於是決定去攤販那兒找同事幫忙。

運動鞋踏在玩偶裝裡的行走有些費力，他踏過草地與紅磚走到攤販區時同事卻不見蹤影，那群小孩正愁沒有人打冰淇淋，老師見他出現，便問他是不是工作人員、能不能幫忙打。

「可是我出不來。」他有點茫然的說，「你能把我從裡面弄出來的話就可以。」

身材矮小的女老師看起來有點困惑，但還是伸手想替他摘下頭套，用力了許久之後卻無果。

「這之間有拉鍊什麼的嗎？」老師問他，他原本想搖頭，搖了之後才發現沒人看得見，又開口說應該沒有。

「頭與衣服的連接處沒有，但後面應該有一道拉鏈的。」身邊的小孩們見老師沒空管他們，又聒噪的亂跑起來，不過他們的老師還是決定先處理完他的衣服。

「沒有拉鍊啊……至少我沒看到。」

他能感覺到有一雙手觸碰自己的肩膀，像在查看頭套與玩偶裝的接縫，可是他好像也能感覺到她在碰觸縫隙，指尖探不進來，但他確實感覺到了。

在意識到這個的瞬間，一股恐怖從他的大腦傳遞到手腳，他故作鎮定的和老師說自己去研究一下，弄好再來幫他們，跌跌撞撞的走進手作教室前，他與顧攤位的同事擦肩而過，那人應該沒認出來玩偶裝之後是他，古怪地看了他一眼。

行走的期間，他被自己絆了一下，腳步踉蹌，最後狼狽的摔到地上。

隔著衣服，他能感覺到地板的溫度也非常高。手肘用力的撞上地面，那尖銳鮮明的疼痛讓他稍微安心了一些，他想至少那皮底下仍是人類相對纖細的手骨。

不過就當他想爬起身時，卻發覺自己好像很難直起身子來，不是站不起來，只是相當吃力，膝蓋彷彿承受過大重量似的。所幸這裡離手作教室僅幾步之遙，於是他手腳並用的爬過去，在玻璃門外，他看見老闆在那裡頭，於是他激動的想站直身子，想推開門進去時頭卻意外用力的撞上門楣，只是大概因為那厚重布料的緩衝，並沒有發出太大的聲音。

老闆就在手作教室裡，一開始沒注意到他進來了，連頭都沒抬起來。教室裡有一台掛在牆角的電視，有時有ＤＩＹ課程時，會重複放解析度極低、不知道幾十年前錄的示範影片。如今那電視裡正在放新聞頻道，老闆在邊聽新聞的聲音邊玩手機。

他來只是想和對方說，自己好像被困在玩偶裝裡了，無論如何都掙脫不出來，卻只能發出了痛苦的呻吟。

他還是艱難的想要說話，雖然聲音很嘶啞，全都卡在喉頭，不過他想，若對方認真聽的話應該能夠分辨出來。

然後他看見老闆的手機掉在地上，似乎是被他嚇了一大跳，他以為他會走過來嘗試幫他，可是老闆卻顫抖著試圖撿起地上的手機，手卻抖得完全撿不起來，最後他放棄了，直接衝出門外。

「有熊！為什麼有熊？這裡為什麼有熊？」

他聽見老闆在門外尖叫。

他頓時覺得好笑，若是他人就罷了，不就是他要自己穿上那玩偶裝的嗎？為什麼會認不出來？

他於是也想走出去，可待他爬到門邊，又不想把門推開了。他聽到那女老師似乎困惑的和老闆說不是只是一個穿著黑熊玩偶裝的員工嗎？她剛剛還與之對話了，可她走到門邊，一見他從手作教室的玻璃門映出來的模樣就安靜了一秒，隨後尖叫聲此起彼落。

他不明所以，就算這衣服脫不下來，也不至於仿真得使人四處逃竄，畢竟是那麼劣質的。不過沒幾秒他眼前的所有人都跑得不見蹤影了，他看見一個好奇跟過來看的小孩的冰淇淋掉在磚頭路上，然後在太陽與地板溫度的夾擊下慢慢化成了奶油水。

廉價的奶油就這樣流進磚頭縫隙之中，淹進土壤與草根。那些吵雜的尖叫聲就慢慢消失在牧場裡了，他聽見一點點雜音從停車場的方向而來，又聽見引擎發出的聲音。

他以前明明聽不見這些。

他恍然意識過來，跌跌撞撞的衝出門，然後進教室旁的洗手間，定睛一看，鏡子裡的東西看起來就是一頭貨真價實的黑熊。那廉價的塑膠熊眼睛變得像是黑色的玻璃珠，那原先是供視線向外望的嘴巴竟也長出細密堅固的牙齒。

他心中頓時湧現一股荒謬的好笑，他真的變成一頭熊了嗎？就因為穿上一套愚蠢的黑熊玩偶裝？他笨拙的想用熊掌捏起與骨肉分離的「黑熊皮」，可是那蠢笨的塑膠製手掌的沒辦法做到那麼精細的動作。

他想也或許這是夢，可除了為什麼會變成熊以外一切的知覺與邏輯嚴絲合縫，並不像一般夢中那隨意轉換的故事線與一眼就能分辨真假的場景。

意外的，在那種荒謬的感覺下，他反而冷靜下來了。好像沒什麼值得憤怒的，反正什麼都改變不了。

他開始想，如果那些人認為他是一頭真正的黑熊的話，那麼會打電話給動物園吧？他不知道這種事發生準確的SOP是什麼，不過動物園也或許不知道，以前曾有這樣荒謬的事情發生過嗎？

天氣實在太熱了，他決定躲回開著冷氣的手作教室。走回去之前，他又回頭看了那一攤巧克力口味的奶油。已經有密密麻麻的螞蟻附著在那邊緣，就像一道粗糙毛躁的描邊。

他還是不死心的想要扯下那層熊皮，於是癱坐在手作教室的地板上，費心撕扯著，最後他想，反正那也終究只是一層皮罷了，就想拿桌上的美工刀試試能不能割開。然後起身嘗試之後發現自己根本拿不起美工刀。

他於是放棄了，癱在地上什麼都不想做。

他開始會想尚未來這裡工作的時間（大約只是幾週前），他也同樣這樣躺在自己的床上，翻來覆去的玩手機，他的脊椎無論用什麼姿勢都會感到不夠舒服。如今他把手貼在磁磚上，可稍稍挪動就輕鬆揮倒一張椅子，也不知道這樣過了多久。

他聽見警笛聲漸近。

也是，這個牧場旁邊不遠就是派出所和超市，警察到的速度那麼快也很正常。

他又開始覺得好笑起來了。

他看著手作教室天花板的風扇一下又一下慢悠悠的轉，想自己真的有缺這份工作、這份錢嗎？想老闆為什麼要叫自己在大夏天穿上毛茸茸的玩偶裝呢？想那該死的碰碰車究竟有什麼好玩的？開車撞人、不熟練操縱的失控感，還是別的什麼好玩。

很快手作教室的玻璃門外圍繞了一圈看起來也同樣不明所以的警察，他頓時想笑，這旁邊就是超市，搞不好他們會買肉給自己吃呢，又想像這些人會不會扔生肉給自己吃，口感又會像生魚片那樣嗎？他想像自己與熊群為伍的模樣，想像自己靠在動物園假山造景上開著腿坐拿著食物啃咬的模樣，又趴在笑起來。

牆角的電視開始播報有熊突然在近郊的牧場出現，如今照片在社交軟體上瘋傳，推測應該是從鄰近山區跑出來的，還說幾年前距離這裡三四十公里外的山區也曾有熊的目擊記錄。其實他看了看時間，距離他變成熊，大概也就兩個小時左右。

那瞬間，室內的空調似乎偵測到溫度不到設定，他聽見空調漸強的轟鳴就像火車脫軌往這裡撞來似的。

他看眼前的人似乎嘗試著要怎麼推開門，他看得出他們也很慌亂、不知從何處下手，他不想為難他們，於是盡量用緩慢的動作去為他們開門。

他用頭把玻璃門頂開，用嘶啞的聲音和他們說：「我是一個人，只是穿上熊衣服，脫不下來，才變成這樣的。」

可是好像沒有人聽懂，其實也是，他自己的耳朵聽起來，也覺得那比起語言，更像低沉含糊的動物叫聲，甚至比他剛剛和老闆說話更模糊了。

可是饒是這樣……就算是這樣，也沒有人在聽他說什麼。而且他站在手作教室門口的台階時，又有那種一切東西都變小的感覺。

他伸手，竭力想證明自己的手骨與那層熊皮之間仍有空洞，他還不是一隻完整的熊，他希望他們能在這個狀態下先指認出來，不然他不知道自己還會變成什麼模樣。可是眼前的人看起來更加恐慌了。

此時他感覺到皮膚一陣刺痛，似乎有麻醉劑之類的東西扎進皮膚之中，然後他還想繼續說些什麼，雖然知道沒有人會相信，他到底是什麼好像早就不重要了，長什麼模樣、發出什麼聲音才是重點。

然後他就變得昏昏沉沉，前腿一軟，就伏趴在地。

那吵雜的人聲漸近。

直到他聽見蒼蠅在耳邊飛，那種使人厭煩的頻率他想蒼蠅這個物種是準確的掌握了。

他是先想著蒼蠅翅膀的事，爾後才恍然醒來。

如同方從母體的高熱中脫胎，他渾身冷汗，思緒卻又在另一個角落形成一塊混沌的陰影，好像很多東西都想不起來了。都不一樣了。

待他再醒來，周圍就是生鏽的綠色柵欄，他被擱在一個巨大的鐵籠之中。那堅固的鎖、粗壯的欄杆和光滑的水泥地，此處防衛之森嚴大概可以看出是個臨時收容熊的地方。

他四處張望，發覺自己如今約是被隔離著的。牧場的馬與牛的腥臭味全然消失，只有一股動物厚重的皮毛的悶，是從他自己的身上散發出來的。

這裡的天氣沒有牧場那麼炎熱，他才睜眼幾秒，就有穿著全身工作服的人打開門走到籠子邊。他站起身來，覺得這樣更像人一些，更有辦法溝通，可是那人卻立刻退了一步。

他沒有想要傷害任何人，只是想告訴他們自己是人，他想算了，也或許之後需要拿食物或者樹枝擺一擺，這樣總能認出來了。不過難道牧場那裡沒有人發現自己失蹤了嗎？

就這樣過了幾天，他沒有等到足夠擺出字的食物或物品，只能安靜的生啃送進來的水果，若有生肉一類一概不碰。

他總覺得若真的嚥下那些，就真的失去了什麼。

他也不太願意發出聲音，不想聽自己從喉頭發出那粗啞的吼聲。也不知道如此過了多久，他又被移到戶外的區域，大概被評定為沒什麼攻擊性，開始有人來與他互動，或者把食物藏在一堆木頭之中，要讓他尋找。他覺得很髒。

這幾日他睡覺時總會做夢，夢見自己只是中暑了，抖落下頭套後又氣沖沖地跑到手作教室找老闆，老闆抬頭看了一眼大汗淋漓的他，露出了一個有點意外的表情，然後問他來做什麼。

「和你說，我是一頭熊。」他想像自己說完，還要頓了下，然後做一個呲牙咧嘴的表情。

「……一頭什麼？」面容模糊的老闆問。

「一頭熊，黑熊，熊是一種動物，皮毛很厚，吃蔬果和一些生肉。」自己他說，「還有我要辭職，我以後都不要工作了，我討厭工作，其中最討厭擠冰淇淋。」

可是每一次他都會醒過來。

時間漸漸變得不具像了。畢竟他沒有時鐘，後來他又輾轉被送到很多地方，嘗試了幾次用手邊的東西擺字卻都收效甚微，根本沒人會往字上解讀，都覺得他是不餓，或者不喜歡吃。

有很多問題他已經不會去想了，有很多事情好像都忘記了，也不再想問為什麼了。

然後他終於被送進旁邊關著另一隻熊的大籠子。他聽那人說，他需要社會化。

他頓時覺得又荒謬又好笑，社會化……什麼該死的東西，他要讓另一隻熊聞自己的屁股嗎？然後他們要用利爪對著利爪，然後體會到好玩嗎？

他不願意如此，就只縮在角落，就算另一隻熊隔著欄杆觀察自己很久，還好奇的探鼻子過來聞嗅，他也無動於衷。他聽見外頭的人議論自己是不是害怕或者身體不舒服，大意是這樣的，但有些單詞他聽不清楚。

可他隨著日子漸長，他開始能讀懂另一隻熊的情緒。他知道什麼時候牠餓了、覺得不滿了、覺得開心了。意識到這點的他一點都不開心，變得更常做惡夢，除了常規檢查以外，也常常被覺得他奇怪的研究人員抓去觀察。他曾聽研究人員說，他太沒有攻擊性，經過觀察覺得他根本沒有獨自在野外生存的能力，倒像是從小就被圈養的熊。

可是什麼都看不出來的，他的手骨與熊皮之間的肉日漸豐盈。他也不再想要站起來了。

他開始想也或許自己從來就不是一個人呢。於是開始吃生肉了，意外的嚥下那些肉的感覺其實並不差，幾乎不用太多咀嚼，就順著喉管滑進胃裡。

後來，他被挪到一個動物園，實實在在的擁有一片假山。開放式的空間，他就坐在靠水邊的假山，每天都有人來看他。

那空間很大，看他的人也很多，玻璃前還有一道看板，從他的位置看不到上頭的字句，但他能猜到他們會用什麼字眼提起自己「傳奇」的來歷。

他一開始還嘗試在那些臉龐中尋找牧場的同事和老闆，每天都用水果和食物在水泥地上擺出「人」字，可他想再不會有人看著他擺的字，會驚呼他說他是人，也或許他就是人呢。他光想就覺得好笑了。

也或許會有那樣的新聞呢，熊裡面其實是工讀生嗎？然後留言處網友們嘻笑成片。

他這個位置勾著脖頸向上看遊客，其實看不清楚臉龐的。只是一些模糊的影子，像連綿的山巒那樣，有時他會覺得某個影子像誰，不過那樣的感覺亦是越來越少了。

直到他看見一個拿著冰淇淋經過欄杆的小男孩，他走得很急，似乎試圖追上走在前頭的家人。然後腳下絆了一下，冰淇淋就落到欄杆之後，幾秒後摔到與他的地板上。

他愣住了，看著那坨奶油突然覺得悲從中來。他想起有一次夢中，他又夢見自己變成了人，那身材矮小的老師問他能不能幫忙打冰淇淋。而自己的手仍在顫抖，接過了牧場的門票抵用券，冷汗一直從他的額角冒出。他忘記自己還能拒絕，顫抖著拿出甜筒，卻失手捏碎了一個餅乾筒。

夢中的他對著冰淇淋機發愣許久，手卻沒有離開那拉桿，就這樣怔怔地看著一整條的冰淇淋也落到棧板上，就像一條委身的蛇（沾上了餅乾碎屑還有鱗片），就像也是一種動物。

腥臭的、本能的、會排泄的那種動物。也有點像人。

他於是怔怔地向前，看著那坨冰淇淋，最後俯下身用舌頭去舔，一口又一口，與草叢爬來的螞蟻奪食，還用手捧起那些餅乾碎片，像是不願意放棄任何一塊。

他抬起頭來，看到有人新奇的用手機在拍他的舉動，頓時又覺得很氣憤。可是他已經不知道該怎麼表達，只是憤恨的對著那人大吼，他每吼一聲，那些人就哈哈大笑一陣，最後他頹然坐在自己那灘的口水上。

天氣很熱，他甚至能看見那一灘口水在自己腿間逐漸蒸發。

再一抬頭，他看見一個女人站在欄杆的邊緣低頭看他，他覺得那張臉太熟悉了，他肯定在哪裡看過的，也許是家裡，也許是幾日前的欄杆邊，也許是自己曾經的臉上的某些五官。

可那到底是誰呢。

他有點想不起來了。

可是他還是折了中午的胡蘿蔔，小心翼翼地用它們擺出一個「人」字。太陽很大，已經是隔一年後的夏天了，他擺得頭昏眼花，可待他再抬頭，那欄杆上的白髮女人早就離開了。他於是脫力跌坐在那些紅蘿蔔上，字自然全毀了。

他受不住烈日的侵擾，又覺得煩悶，於是最後還是慢慢爬回假山背對遊客的位置坐下了。

原先假山便是背光處，他縮在那大石後，坐久了又有些昏昏沉沉。太陽慢慢隨著時間越過石頭照過來，可他沒有再挪動位置，因為他睡著了。

在睡著前，他無聊的想，夢的形成是不是和蜘蛛織網同樣呢？就這樣繞著那些不知是否存在過的東西一圈又一圈，也或許他曾經記得的那些事，也都只是一場夢而已。哪有什麼真不真實的。

還有倘若等會還要做夢，他想夢到自己變成一隻蜘蛛，或者一條冰淇淋奶油，不想再變成人了。

創作理念

有時候很好奇人面孔及身形的模樣對於旁人甚至至親而言，在某些情況下是不是比內裡的東西更重要一些，也很好奇人尋找一項找不回來的事物時的反應。於是有了這個故事。

浮島

文·陳禹翔

浮生美人壽派你——季子，到海岸小城出差。

你黃昏時出發，抵達接近小城的公路時已經深夜，山邊的加油站恆亮著工業式的白光，宛如一座路上浮島。停車格裡有輛印著「好日新聞」字樣的廂型車，幾名記者在車邊交談。你開車繞過他們。停妥、熄火。

一名平頭的加油站員工抽出油槍，往你的車後走去，油槽上的螢幕開始慢速跳錶，汽油的化學氣味瀰漫空中，從你敞開的車窗悄悄滲了進來。

等待他慢條斯理幫車加油時，季子你點開YouTube殺時間。《尤里斯本日公休》頻道每週三更新，今晚八點，線上已有千餘人守候，大家都盼能搶先知道尤里斯的〈飛鏢地圖旅遊系列〉這回又將如何嚮導自己。

尤里斯溫溫的聲音從手機傳出，畫面彼端艷陽盛開，草帽在他的臉上篩出一粒粒豆子大小的光點。他和夥伴在簡樸的街景開場，走向一家販售青蛙蛋牛奶的觀光客商店，各點一杯招牌冷飲，由美女帥哥護持，朝鏡頭外的你閒話家常。從該片下方的資訊欄點入連結，可以看見此前他們參觀同座鎮上的運河盲段，在詼諧部長的陪伴下潛入運河，拍攝整治成果。底下的留言大多都是在稱讚尤里斯的姿態、笑容、知性與氣場，所有大眾喜歡的特質，彷彿都能在他身上找到。

「不愧是當今最火紅的YouTuber。」你想。影片中尤里斯笑得好燦爛，讓你的嘴角也不知不覺上揚，手指一揮，點按影片右下角的讚，把它收錄進「喜歡的影片」，與眾網紅的作品層層排列，就像晶亮的旋轉櫥窗。

「你也在看尤里斯的影片喲，」平頭員工說，一手將發票遞來：「今天那支片有夠精彩。我還沒看過水準保持這麼好的創作者。」

「你也是尤里斯的粉絲嗎？」你問。

「廢話。每週三晚上八點。從不缺席。」

「總覺得你比我還瘋耶。」你笑著說。

影片暫停，紅色的進度條嵌入螢幕。你重新駛入車道，夜間的濱海幹道貼齊山的邊緣，大角度的彎道，會車時對向的遠燈總讓你睜不開眼。過了一個山洞，你終於能接收到東部廣播，聲音時有雜訊、時而清晰，從主持人渾厚的嗓音裡，你獲悉全國已討論數日的頭條消息的最新進展。

——是那座孤懸外海、新誕生的浮島。

不知什麼時候，有人回報，地震以後海邊忽然眺見一塊此前不存在的島嶼，正比鄰海岸小城緩緩浮現。起初大家以為那是退潮時露出的礁石，但隨著新聞畫面曝光，舉國便能目擊，那確實是一座如焦土般，持續冒出黑煙、熱流、浮石的新島嶼。之後，直升機空拍畫面接連數日播送，島嶼正在眾人見證下成長，岩石由深海陸續填補上來，日夜不停翻攪所有已穩固的結構。

記得很久以前你看過新聞，日本的海底火山噴發，確實也曾出現類似的島嶼，然而那些島嶼的結構並不穩定，一下便隨海流消逝在大海中，完全消弭存在的痕跡。這座浮島卻十分巨大，沒有任何潰散跡象，還透出淡淡的、傲骨的光芒，像一道堅韌的電流，通向觀望者的雙眼。

彼時你又穿過一條長隧道，山脈退隱，浮島即映入你的眼簾。浮島果然如新聞所述那般顯眼，深夜也不減它的光芒，整片夜空由闃暗漸轉為冷冷的微光。廣播主持人叨叨絮絮地說：由於海流不穩定、海底火山可能持續噴發，海巡署已封閉從海岸小城到浮島之間的水域，所有船舶都禁航了。接著廣播切換至漁民採訪，「政策影響生計」的呼喊聲自背景傳來，大聲公與喇叭從旁點綴，分不清是抗議還是雜訊。隨後一切又被電台的廣告給猛然中斷。

季子你便在這些新聞的重播中，將車緩緩駛入海岸小城的市區。

如果撇除無關緊要的寒暄，你講述保險的技巧，其實還相當生疏。因為過往所學，所以算數、統計等能力難不倒你，可是你很難在寥寥幾句話中，說服別人為何要買浮生美人壽的商品。

這不是因為你們公司的商品不好，浮生美人壽是全國榜上有名的保險公司，你只是知道，保險是毀壞、傷殘、頹老、死亡，凡此種種的見證者，可是光憑見證並無法滅除任何的悲傷。原來保險只意味著人類用自己治癒悲劇的貧瘠經驗，想出以金錢的提前預支，來推遲生活的瓦解，而已成廢墟的心靈此生則持續受傷，這種取捨正是十分現代的邏輯。同樣，人無法為自己的寂寞買保險。你們只能為死亡給付，卻不能替消亡賠償——尤其一種使人願意消耗大量時間的，盲目熱情的消亡。

季子你感覺自己的體內幾乎已喪失了那種熱情，過去你遺留在網路的廢墟，如今看來，就像時間的玩笑。你想：簽下保險合約書的這些人，至少至少，還能得到在最普遍的傷害裡最低要求的補償，雖然我無法說服他們，但他們終會自己做出決定。

所以看著理財專員冷漠、欠缺耐心的朦朧身影，你並不覺得沮喪，你想其實工作就是這麼一回事，大家各尋方便而已。你打開裝滿保險資料的公事包，將厚厚的紙張塞進去，收起方才交換的名片，離開明亮、窄仄的會議室。

小城市區白天的景象比你昨夜來時還要蕭瑟，從所有道路都看得見那座浮島，那湧升的煙霧在午後飄散至此，隨著陣雨，降落在素樸的街上。你忽然發覺，路上有好多新聞台的廂型車、攝影師以及進行衛星連線的記者，彷彿其實有更多雙隱形的眼睛，從遠端、線上注視著你所在的小城，雖然他們眺望的目標是那座浮島，卻有種被揭穿而無從躲藏的陰霾籠罩著季子你。你一面揣想著這種憂懼的來由，一面撐傘走在人行道上，路邊每張急切報導新聞的臉龐，你都感覺他們能看穿自己。

你躲入美式速食餐廳，開啟YouTube看影片配餐。三十分鐘的用餐時間，YouTuber黑盒子、木頭人、小泫的新片迅速解決，一陣悠悠的空虛滑過你心底。浮島的龐大身軀穿越落地玻璃窗，照進你的棕色瞳孔，速食餐廳頂樓噠噠噠地飛過更多直升機、無人機，你就像置身於船舶的艦橋，海面流動不已，使靜止的你慌忙不知所措。

熟悉的聲音自背後傳出：「不要拍不要拍。」你轉頭，撞見一張熟悉的臉。你難掩驚訝，那人朝你比了一個驚訝的手勢，然後屈身向你靠近。

「是那個『消失的季子』耶。」尤里斯露出一貫的木訥神情，以及靦腆、不露牙齒的微笑。他一邊說，一邊讓卜傑把攝影機收好，兩個人卸下背包，把餐盤放在桌上，邀你和他們同桌。

「是怎麼了……這麼久都不聯絡我？」尤里斯問。

「我不敢相信，有人停更以後無消無息，結果巧遇時西裝筆挺。你現在不會在銀行上班吧？」卜傑問。

「我在賣保險。浮生美人壽。」你說。

尤里斯和卜傑閃過一絲略感遺憾的神情。

「少那樣看我，我現在的生活很舒適。這裡沒人曉得我的影片，我開心都來不及了。」

「我只是，」尤里斯說：「想到你大概真的不會再回去拍片了，就覺得世上少了一名真正優秀的YouTuber，誰都會感到寂寞啊。尤其是我們，尤其是我。」

季子你冷冷笑了幾聲，講起尤里斯的近況。「你最近每支片都很精彩，請得動衛福部長應該意味著你的地位已經受到認可囉。我猜你會是下一個可以邀到總統的人吧。」你說，「卜傑你呢，看起來頻道好像駕馭得不錯，有跟上這一波短影片的風潮，當初我都看不出來你這麼懂得利用演算法。走鐘獎的投稿我都看了，你們兩個都有機會掃獎，只是尤里斯你那支裝扮藍色鯊魚業配的片乾脆直接投降吧，拿鬥雞抽機票那支去比都比較有勝算，或者飛鏢地圖任何一集都好。」

卜傑搔搔頭，悄聲問尤里斯這個人才是專家吧。尤里斯睜大眼猛點著頭，「他是啊。」他說。

「真的不打算回來拍片嗎？」尤里斯問：「新頻道：一個保險業務員的碎碎念。聽起來頗有看頭。會有流量吧？」

你搖頭，從皮包裡拿出一疊保單資料，正色告訴兩人：這些東西就是我現在生活的全部了。普通人的時間過得比較快，過了一週半月就是嶄新的，現在你彷彿已被網路遺忘，不會再有人半路攔截想與你合照，不用每天看到充滿惡意的留言，也不需要為下一支發燒作品而讓自己精神虛脫。你相信自己的餘生，是要學習像個平凡人過日子，你會將保險業績經營好，處理理賠，辦妥解約，然後偶爾護照帶著走一趟無需向誰交代的旅行。

尤里斯吃著漢堡，一副對你的言詞毫不在乎的樣子。你四處張望，擔心跟他們相處越久，就會有粉絲認出你們。卜傑看出你的擔憂，自嘲似地說：「放心，我們也沒那麼紅啦。如果YouTube的影響力真的那麼大，你怎麼可能還安然無恙當一個保險業務？其實某種意義上我們都只被困在自己想像的網路世界裡面喔。」

「說得好。季子你能脫身，要不是意味著你不紅，否則就是你從來沒有跨出自己的同溫層，或是流量不足。」尤里斯看著你說，「但……這不影響什麼。光這樣就夠你受的了。」

你看著他們兩人把漢堡啃食精光，才後知後覺地想起自己應該好奇，在全國媒體格外關注海岸小城的現在，他們為何出現在這裡。卜傑漫不經心地告訴你，他們原來和一個朋友相約要拍攝獨木舟企劃，驅車來到東部，結果方才獲知海域禁航令，突然閒得不得了，在街上茫然晃蕩。是尤里斯看見季子你走進速食店，才決定來突襲的。

「都來了還是必須拍片啊，我可以再接一支VPN的業配，或是來拍個『突襲消失的知名網紅』，一定流量很高。搞不好可以進發燒，然後你就會受寵若驚，發現原來還有好多觀眾關心你而想要繼續拍了。」尤里斯說。

「我來數數你今天講了幾次流量。」你說。

「你談業績不也一樣？」尤里斯回答：「別傻了，我們之間沒有誰過得比較好。」他的手指在桌上反覆畫圈。

而後再沒有人為此辯駁，只剩抽紙巾擦嘴，收拾餐盤的聲音。趕去銀行前你問了尤里斯和卜傑今天下榻的地點，想著如果有空，說不定可以再去拜訪。你還是很想跟他們聊聊生活，「只是，千萬不要再提到有關網紅的事了。」

「你還要這樣瞎混多久呢？」

在尤里斯繞行足球場走第十圈的時候，卜傑蹲在草地上，開口問他。

足球場在海岸小城靠近山區的高地，接近黃昏時，地方足球隊的小孩們會利用這個場地練習。靠近球門處有幾片光禿禿的土地，足球每滾至此，往往失去煞停阻力，會一路直下斜坡，撞上民宅鐵門。教練的哨聲急促響起，小孩子收隊了，尤里斯開始行走，背著浮島、迎向浮島，像在丈量若由此徒步跨海，多久才能抵達那一頭。

初次見到季子，尤里斯還是一個拍日常廢片的學生，他傳季子的影片給卜傑時，卜傑以為他又在發神經。沒想到才點開七秒鐘，卜傑就深深被季子的儀表、動作、情緒狀態給迷住了。季子有別於卜傑看過的所有創作者，你很難抗拒季子向你招手時，那種混合著邀約意味與害怕你失望的複雜表情。季子會邀你加入一場大膽的冒險，擔心你失足摔落，卻頑皮想嚇嚇你，他會仔細把鬼針草黏在你的大腿上，但提醒你小心每條鄉間的深水溝。很長一段時間卜傑目光所及的網紅只有季子，他也深信，唯有他，能把他有限生命裡沒能經歷的龐大時空，剪輯成精華，折疊、放妥在自己左近。

跟隨心儀的創作者踏入YouTube的年輕人難以計數，但尤里斯和卜傑的北極星始終如一。六年前，或是更早，反正是季子得獎的那一次，那時候走鐘獎還未成熟，只是些有影響力的創作者，想給創作不懈的網紅一點鼓勵才咬牙接下的。典禮風光舉辦，網紅們都穿自己最耀眼的禮服出場，季子穿著一件深藍色連身長裙，卜傑到現在都還記得。

那年，季子以〈領隊季子的職涯危機 第一次帶團全紀錄（下）〉——季子的頻道〉獲得年度最佳創作者。他在掌聲之中，從座席起身，輕輕擺動長裙，走上紅毯，領取金光熠熠的獎盃。尤里斯的眼裡帶淚，覺得自己像總是遲到的青年，趕上網紅盛事的最末一班列車，躬逢明星的到來。季子朝大家微笑，卜傑則相信季子注意到了自己，於是還以微笑，那猶是他至今為止最珍愛的回憶。

可是在典禮結束以後，有旅行團的成員於社群發表了一篇滿懷殺意的文章。他宣稱季子在拍攝得獎作品時，對自己犯下嚴重的倫理問題。那許多未經同意的窺探，在發文者舉證歷歷之下，翻動輿論，為季子招來長久不息的攻訐和謾罵。

季子遲來地驚覺當時自己所為的確失控，因此真誠致歉，然而所有隱然踰矩的片段，已在媒體、社群上被存檔、反覆重播。有人甚至回溯他先前發表的所有影片，並以爲季子早就是慣犯，不久後季子還聽聞，一檔以炎上玩笑聞名的節目，曾私下討論過要邀請他。季子無意抹除受害者的傷痛，只是他常覺得，自己所受的傷，早就不亞於任何一個人。而且他還不能為自己辯護，因為他的發言只會招致更多的委屈。

「季子花半年就走出來，你又要這樣瞎混多久呢？」卜傑又問了一次。

「我不知道……我怎麼知道。你憑什麼拿我跟季子比？你、憑、什、麼……」尤里斯朝遠方吞吐著滾燙黑煙的浮島大吼，對著斜坡底下老舊的房子大吼。在陽台晾衣的女子，悄悄往足球場這片高地投來冷峻的目光。尤里斯彎著腰，對那個模糊的方向比出中指，他的汗水從臉頰、頸部滴落。有風從前方吹來，那是一陣炎熱、無意帶走任何煩躁的風，僅將更多烏漆墨黑的煙捎至兩人身旁，弄髒了尤里斯潔白的襯衫。

如今，你關於網紅生涯的所有記憶，不過就是中影八德大樓那條僅供單人搭乘的手扶梯。那斷崖似的棕紅漆牆掛滿海報，迎送觀眾抵達樓上寬敞的會議廳，觀眾一一往前走，你覺得他們離開手扶梯，準備入場時的表情，是比按讚數、訂閱數、分享次數更加直觀的愛的證據。

以往在活動開始之前，你不會出現在觀眾視野裡，可是在粉絲告別會，你卻繞過紅龍阻擋的通道，偷偷溜了出去，像個好鄰居一樣現身在他們之中。你回憶裡都是觀眾們發著光、充滿不捨的眼睛，他們圍繞著你，詢問——你為什麼決定停更呢？一切不是都終於要重新好起來了嗎？——那些無解的問題。你心想這些人擔憂什麼呢，明明他們自己的人生，都比我好上一百倍。更好的人總是著迷著比他們更糟的人，是能偷偷在心裡覺得自己比偶像幸運、優秀，因而竊喜嗎？是這樣的嗎？

心中冒出這種想法，季子你明白自己果真再也回不去了。

那半年多的休養一點用也沒有，雖然憑藉著網紅朋友協助以及自己的偽裝，你終於漸漸回到鎂光燈下，但無論怎麼努力，你都感覺自己拍出的影片，充滿了令人作嘔的怯弱。道德紅線很明確，倫理問題已時時在心中警惕，但在那些分明無關冒犯，能大膽揮灑的時刻，你的情感表達依舊畏縮。

當你發佈新影片〈發跡南部的老牌馬戲團重新開張　銷售員季子成績結算—季子的頻道〉時，影片底下的留言區終於竄起了一場遲早要來的爭辯。有人說季子整個人看起來都很假，徹徹底底的假，其他留言亦洶湧而至：「這是小丑本人拍馬戲團影片。」「他的東西值得我們看嗎？」「這次也要偷窺馬戲團團員的生活了嗎？我已經準備好鹹酥雞了。」

季子你清楚記得，自己在夜裡邊顫抖邊看這些留言的樣子，那時的自己肯定像隻故作堅定的白鼻心。你多希望自己也能像許多成功的網紅前輩那樣，經營著一個受大家歡迎的頻道，擁有足夠熱情卻不會燙口的粉絲。然而你的觀眾，卻一次次投來不懷好意的目光，像是要把你溶解一般。

日子一久，你便有了將頻道深鎖的衝動。你憶起出道的那個房間（曾在那裡拍攝創頻道初期的十多支片）仍完好地保存在舊家，你的母親有時還習慣偎近門邊偷聽，想著那個放學回家箭步甩上門說要拍片的小孩是否其實仍在裡頭。經過剪輯的時光毛片，上百部作品，二十四小時輪播，你逐一瀏覽之後，下定決心結束自己的網紅生涯——而你相信通過中影八德大樓那座窄仄手扶梯的觀眾會是最後愛你的人。

那場粉絲告別會回顧了《季子的頻道》的艱辛旅程。每個座席都有一把槌子，當影片播放，粉絲可以任意搶答，然後一起吐槽季子在影片中的種種行為。聚光燈絢麗切換，氣氛久違地高漲，直到大銀幕上出現了那支季子、尤里斯及一群網紅企劃拍攝的影片。

在國父紀念館前廣場上，有一輛經過改裝的卡車慢速繞行，車斗上放置直立玻璃箱，裡頭裝滿膠水般的液體。而尤里斯正穿著潛水裝，被人全身浸入箱中，彷彿魚缸裡的鯨鯊。季子戴著圓框眼鏡，坐在玻璃箱旁，於眾網紅的目視下絞盡腦汁解決一道數學問題。規則是，唯有季子解出謎題，這個懲罰才會停止，所有人將移至華山大草原進行下一關卡。

槌聲起落，鈴聲如碎石子般頻頻飛起，會議室裡的群眾都興奮地搶答，想好好批鬥這部〈夏季奧林痞克大會 feat. 季子・尤里斯・卜傑・黑盒子・木頭人・小泫・柴可夫司機・今天你要去哪裡・三個臭皮匠〉。季子你坐在舞台上，發現觀眾席極遠處有一張熟悉的臉，五官緊皺著，用不會顯露出的陰沉表情直視著你。原來尤里斯獨自參加了你的粉絲告別會，且你看見的是他光芒退卻後的模樣，彷彿遺忘了自己是百萬訂閱創作者，身上僅殘留很稀薄的意志。

你怔住了，一時間難以復盤這個巧合。因為大銀幕上仍持續播出那支獲得四百萬流量的年度鉅片，會議室中的音響正撕扯自己的喉嚨，讓網紅的笑聲與那個夏天的陽光，在此時此地不斷擴散。而影片裡迎著艷陽邊叫邊跳的兩個浮誇網紅，卻在無數觀眾的異時在場中，成為最提不起興致的人。兩朵黯淡的靈魂，隔著鼓燥的粉絲，遙遠而寂寞地彼此相認了。

你恍然意識到，尤里斯可能是世界上最後一個，有能力同理你的人。即使他的網紅事業仍如日中天，這一切念想毫無浮出你腦海的正當性，但它們放肆擴張，像要把所有記憶的煙塵、浮石都吞噬。

會議室的聚光燈隨後意外地找到了尤里斯，全場粉絲整齊回頭，目擊強光下，他白皙的臉孔正在哭泣。時間像YouTube慢速播放，聲線和動作皆遭無限扭曲，尤里斯乍現的悲傷也變得很長很長，你們難以去安慰。

你坐在飯店的窗前檢視這些過去，覺得簡直是一個世紀前的事了。木頭茶桌上散亂著準備給銀行的資料，你撐著臉頰，忍著打盹的慾望，仔細地練習記得，當你還是網紅時這個世界對你的降災。其實尤里斯和卜傑的飯店就在附近，買個宵夜就能順道過去。可是，去了也於事無補，你和尤里斯他們早已分道揚鑣，你明白他滿腦子想著如何彌補遠道而來的耗資耗時，已無心思和你敘舊。

「他是被流量眷顧、被演算法高高捧起的人，要他坐下來聽我講話很困難吧。」你猜。而這正是你最痛恨的：憑什麼要由一間公司、一種幾乎只靠占卜的平台運作模式，讓創作者承受所有不可逆反的痛苦？

你未曾和尤里斯聊過這麼多，他是個毫無破綻的人，唯一一次可以窺見他的內心，便是在中影八德大樓。你想知道他當下究竟在抵抗著什麼，畢竟，全國當紅YouTuber，記憶所及沒有半點負面消息，像他那樣的人，很可能天生就是個成名的料。然而他脆弱的姿態又是如此惹人同情，如果他真如你所想，也遭遇了和你一樣的痛苦，或者，是更加殘忍的折磨，那麼難道季子你要放過這個契機，目送他的熱情消亡而不拯救嗎？

徹夜，你在床上翻來覆去，電視裡好日新聞台向虛空臥房放送，總是一樣的畫面、一樣的記者配音，小島圖像彷彿可用半個新聞時段完整素描。忽然間，主播的影像分裂成疊影，跑馬燈一下子顛簸加速，你撥開枕頭，發現燈具在搖晃。接著整棟飯店猛然一沉，手機響起尖銳的長音警報，震動由遠而近，甩晃行人、車輛、建築物，暈眩延續了好久，窗外的一切彷彿都在驚恐竄逃。

你扶著床頭撐起自己，新聞已更新了字卡，寫明震央就在附近。畫面切換，那座浮島的火光更熾烈了，泥流由海中逆向爬出，吃滅原本的陸地，使浮島逐漸崩解。而海岸小城也陸續回報消息，市區出現了多條深淺不一的裂縫，像一條粗大的繩索纏住了近十公里的土地。背景音是主播宣布海岸小城中斷海陸空聯外交通的聲音。而你，季子，收到了主管即時傳來的關心訊息，他請你保重，補助花費的事千萬不用擔心。

你起身迅速換了裝，收起簡單的隨身物品，決定出門看看。

隔幾條街的飯店大廳，尤里斯和卜傑正在刷社群網站。他們先是丟出一篇僅寫著「地震」兩字的文案，然後發限時動態詢問粉絲是否平安。他們舉起手機，環景一圈，連續發送。然後匆匆走出玻璃門，經過清掃粉碎玻璃的工作人員，來到大街上。

「拍拍拍，」尤里斯催促卜傑，「但小心不要拍到傷患。」

「網路上說裂縫像是從柏油路粗魯地剪過去一樣。」

「那只是說而已，不像我們可以得到真實畫面。我有個點子可以拯救我們的頻道。很大膽，你要不要聽？」尤里斯問。

「拍『網紅遭遇百年強震受困東部小城』？」卜傑邊跑，喘著氣說。

「比那個更瘋狂。」

卜傑調整攝影機，對著尤里斯，並示意他可以開始說話了。尤里斯大口吸氣，一副試圖維持情緒穩定的樣子，告訴鏡頭他們剛剛買完宵夜回來，還沒有開始享用，忽然就發生了地震，然後外面的世界彷彿一夕間醒了過來。我們衝出門看，發現天吶小城的房子倒了一大片，景象非常淒慘。我們現在慢慢沿著市中心走過去，浮島冒出了火紅的煙霧，籠罩整片東邊的夜空，現在空氣裡還有股酸臭味，我們要繼續往前走，希望災情不會太慘重，也為所有受影響的災民祈福。

尤里斯說完，吸了口氣問卜傑：「你覺得呢？」

「口氣有點裝模作樣，其實自然就好了。你可以講點你的感受，不要只是報導，那樣觀眾看新聞就好了。」卜傑指著身邊恰好經過的好日新聞廂型車。

「好，那算了，我們先繼續往前走。」

尤里斯說完，和卜傑經過一座十字路口，便看見季子你單肩背著帆布袋，佇立於因斷層抬升的人行道上凝望著他們。

人行道上原本停滿了摩托車，如今全如骨牌般傾倒，最後疊壓在一輛無辜的汽車上，將鈑金推擠凹陷。路面則散落著磚瓦與來源不明的灰塵，地面的裂縫溢出液體，不規則地四處流動。

眼前交錯的兩條馬路分別是通往山區的幹道與通往海邊的鄉道，你們彼此對視，接著你走向尤里斯，而他們兩人則扭頭快步朝海邊走去。海邊鄉道隨著海拔緩坡下降，周圍民宅的住戶都已撤出房屋，歪著頭檢視自己的家究竟受了多少損害。你們三個前前後後奔下斜坡，經過老人、小孩、返鄉青年與陸續出現的警察、消防隊員和軍人，不顧廢墟般的市容，相互追趕。

整座小城現已完全甦醒了，救命的呼喊蔓延至搖晃破壞的每個地方，在空中盤旋的直升機來回飛行於小城和浮島之間。於當地駐點多日的記者，立即使用衛星連線，向全國民眾即時播報——這是有史以來，最快挺進災區的一次。

而這些接近末日般的地質學事件似乎不對你們造成影響。「尤里斯，」你在他背後大叫：「尤里斯，你為什麼跑？等一下。」

「我也不知道他要去哪裡。」卜傑留意著自己的腳步，慌忙回頭對你說。

只因你們是追尋著流量的網紅，你們是那些網友們在網路上唾棄的，傷害社會的網紅。你們一路跑，發出不合時宜的尖叫，追逐著興奮異常的尤里斯。未來網友們將這樣寫下：尤里斯的夥伴卜傑，以及去見網紅舊識的你，震災中的海岸小城對你們來說簡直就是馬戲團大舞台嘛。而攝影機已架設完畢，浮島正在遠方注視著，沒有其他的網紅在此，這是你們頻道的轉捩點。YouTube伸出手掌向你們招攬魅惑，快拍，快拍。

你們來到一處偏遠的港邊，往堤防的小徑十分狹窄，只容一人通過。地震過後，小城附近較大的港口都已經有人駐守，因為浮島此時極不穩定，彷彿隨時都會迎來更劇烈的崩解與噴發。夜間的浪在港口迴流，海面上有密集的巡邏船，點著明亮的燈，整片海域如同白晝，月光已被徹底覆蓋過去。

尤里斯停下腳步說：「季子，你的影片樣樣都好，就是缺少我這種即興冒險的吸引力。」

「我聽不懂你的意思。」

「卜傑說你花了半年走出來。那時候你運氣不好，浮島還沒出現，沒有辦法替你賺流量，否則你大概可以更快重返最紅YouTuber的地位。」

「你現在也碰上了什麼困境嗎。告訴我，好不好？」你說。

「你看不出來嗎？」尤里斯忽然放聲大喊：「你看不出來？在你的粉絲告別會，我哭喪的臉已經被所有人看見了不是嗎？」

「那是意外……」

「我不需要否認我的眼淚。反正那就是個證明，我，尤里斯，其實根本不想參加他們其他網紅的什麼巨型蠢蛋企劃。」他說：「我是不想去，不過，我能不去嗎？」

「尤里斯你先坐下，不要激動。」卜傑拍了拍他的肩說。尤里斯甩開卜傑的手，對著季子繼續講：「我能不去嗎——我能嗎？這些年我拍過搞笑、惡整、旅遊、突襲，每天每天YouTube都在逼著我準時交出新片。我把自己壓抑到極點，但是現在真的沒辦法了，我什麼都想不出來。沒有上片，就沒有流量，接下來，就會被遺忘，我感覺我只是個快被清空的彈夾。」

「尤里斯，讓我幫助你，但是你得先冷靜下來。」你說，並要卜傑先將攝影機移開：「流量根本不能取代你這個人的價值。真的。」

「粉絲……」他搖著頭哽咽地說：「……的胃口已經被養，大，了。

季子拜託你告訴我，我到底造出了什麼怪物？」

卜傑在旁邊偷偷擦著眼淚。

「我不知道。」你說，「因為在走到你這一步之前我就已經不再是網紅了。可是我相信，我們也許是唯一一對可以互相理解的創作者。所以請你不要放任自己被那個平台奪去一切好不好？」

「我怎麼能放手……」尤里斯回答。

「所以說，你憑什麼拿我和季子比？」他轉向卜傑，口氣尖銳地質問：「季子怎麼跟我比？他有達到我這樣的成績過嗎？」

你看著尤里斯把卜傑叫走，他們奔向一名坐在鐵皮棚架底下瞌睡的老漁民。老漁民起初頻頻擺手，最後好像因爲敵不過尤里斯的積極要求，才終於答應了什麼。你看見老漁民走出棚架，往一艘外觀老舊的漁船走去，尤里斯和卜傑相繼登船，引擎發動。原來他們正準備出航。

不祥的預感竄上你的後頸。你沿著陡峭的堤防奔跑，平行追逐著舊漁船，卜傑手持攝影機向你這邊拍，尤里斯亦拿出自己的設備，伸長手臂朝鏡頭說起話。他們的言語因引擎聲掩蓋而無法辨認，但你知道，他們即將做出毀滅自己生涯的決定。他們要衝過外海巡邏艇，拍攝那瀕臨蒸發的熱流世界。

「不要去，不要去，尤里斯我求你折返回來……」你在岸邊吶喊。

然而就像浮島終究要在兇悍的搖晃中將自己歸還給海流，他們也會將自己獻身給網路，並在其中掙扎呼吸、踢水呼救，樂於用溺水的姿態，吸取更多甚至帶著仇恨的觀眾過去。

季子你步伐漸歇，摀著臉蹲了下來。你不理解為什麼他寧願招惹大家謾罵，也不想多在岸上等待一秒，如果真的撐不了，也能和你一樣轉職去做保險或任何事情都好。尤里斯的行爲必會引起攻伐，批評留言會佔據頻道，他將沒有任何轉圜機會。

彼時，你聽見港外警笛大響，就在週五清晨，旋律竟如《尤里斯本日公休》每支新片伊始，那一貫催淚、令人動容的片頭曲。

創作理念

當代網紅也許就像浮島短暫的生命，但我們能見聞、記得，並受其影響的時長卻遠久於他的命運。不知道流量與點閱會將他們帶向哪裡，基於忐忑和懷念，所以用小說來祝福，祝福所有不能和網路分離的當代人。

劉梓潔：
「要有信心，寫完之後
要覺得自己怎麼那麼會寫。」

關於短篇小說，我說的其實是……

林楷倫：
「因為不完美，才有
痛苦與快樂的瞬間。」

編按

《小說家VOL. 2》收錄劉梓潔、林楷倫等七位作家的短篇小說作品。針對「短篇小說」這項文類，書寫經驗豐富的劉梓潔、林楷倫在提筆前有何獨特心法？文學創作的題材、靈感、故事設定等，他們如何拿捏與燉煮？

本期特邀兩人以〈關於短篇小說，我說的其實是……〉為題，五道提問，一窺他們隱於作品後、精密運轉的思路模式，同時，也回應《小說家》書系創刊初衷——小說家產出好故事、鼓勵新銳作家發表創作、餵養小說成癮者。

寫短篇小說，要先有靈感——下筆前是否受特定主題或人事物影響？

劉　比起「靈感」，我想更準確地說，應該是「主題」或「問題」。要先有主題、有問題。也就是我最近、或現在、或一直以來關心、在意什麼？對什麼懷有疑問？而這與小說家的年紀、遭遇、生命狀態有極大的關聯，我始終相信你是什麼樣的人就決定了你會寫出什麼樣的小說。例如：〈親愛的小孩〉是三十出頭歲時思考我為什麼現在會很想生小孩？是身體激素作祟？還是我真的渴望婚姻？《遇見》裡的每個短篇都在處理為什麼人跟人會相遇又分離？明明是很合適的人為什麼還會分開？到底有沒有命中註定這回事？

很有趣的是，寫出來之後，疑惑也會慢慢解開，就算沒有答案，也比較能夠輕輕放下，或者向這個問題從容告別。

年過四十，身邊多位好友前後以各種方式離開人世，這是我從未想過的，因此也無比困惑，只要想起還是會激動地想拍桌子問為什麼？這是我目前在小說中探究的問題，我還沒完全搞懂，一定是寫得還不夠多。

林

我寫小說時，很常會先將自己進入飛航模式，阻斷各種媒體的干擾，例如書、電影、影集等。這是為了讓小說的場景、角色、那一句話活出整篇小說，我常常會把那些干擾說成精神污染。但能污染我小說的內容，大多都是很好的內容。

偶爾我會在寫小說時，看一些我覺得很難看的內容，為什麼？不喜歡的東西會明確知道為何不喜歡，邊寫小說時就會避開那些技法或是敘述。當下筆時，對自己說：「不要變成那樣喔。」

找尋題材時，得多吸收各種精神污染與厭惡的東西。有些題材很多人都寫過了，得問自己這些題材有沒有什麼角度是沒人看到的。能發掘到無人知曉的角度，那便是小說家的能力。

故事是骨幹，人物是血肉——如何在短篇小說裡建立深刻的角色形象？

劉　小說角色絕不是作者的分身或代言，但兩者是分不開的，或者說作者與角色之間有種微妙的餵養或孕育關係。我會知道這個角色現在還在胚胎期，那就慢慢養著，有的懷胎三十六個月還沒長好，有的一夜之間快速生長。

餵他們什麼東西呢？有時是自己的感官，從一片指甲到整條脊椎或核心肌群。有時是看了一部電影或一套影集，就知道還有東西可以再餵進去。有的需要每天早上那杯高檔現沖咖啡。有的比較傲嬌刁鑽，還得用一次日本溫泉之旅餵他才能長得成。

也許有人要說，說得那麼玄幻，你就是在餵你自己吧。不是，有時我真的覺得我是在替小說角色而活。這些養分都不是為自己攝取，而是為了他們。等到他們長出自己的樣子，我們就可以一起在小說裡前進，到達終點之後，就可以說再見。然後我就得回頭去顧那些長不大的了。

林

每個小說家擁有的能力都不一樣，有人會用文字的巧妙安排做出深度，有人會用複雜機關做出難度。我深知自己的能力不是複雜機關派，可以做出一點點的文字巧妙，我是什麼系呢？寫幾篇之後，我發現我是物理系附身攻擊型，我只對角色塑造得更像他自己，不怕政治正確與否的附身——這才是我的能力。

然而要讓角色附身在文字上，第一件事情要做的反而是「祓除」作者本身的堅持。作者得多面向地問自己那些堅持會活在角色身上嗎？倘若角色與作者的社經地位是類同的，當然可以。但如果有極大差異，務必「祓除」。我在寫討人厭的男人時，方法往往是找出妻子大罵我或抱怨我時，那些毫無保留地毒舌我的模樣。我不會試著做出「完美」的角色，缺陷會讓人想要深深地去將缺陷的洞挖大，我們本來就不是完美的人，因為不完美，才有痛苦與快樂的瞬間。

討喜或討厭，該怎麼設計——人物的內心描寫和對話有何重要性？

劉　小說比起劇本，最過癮的是可以寫許多的「內心活動」，而不必透過動作、情緒或對話來表現。儘管對話很重要，但我極少在小說中將之作為主要的推動或揭露。

對話最忌諱的是所有人說起話來都像同一個人，小說家無可避免地需要扮演。偏偏我不是愛演的人，所以早年寫小說時會避免寫對話，比較著重敘事者的聲音，甚至嘗試過整篇都沒有出現引號、對話的小說。反而是寫了劇本之後，才敢比較放手去寫對話。但首先誠如上一題，先讓角色長好，自然知道他怎麼說話、會說什麼話。

另外，寫好之後我會讀讀看，如果讀起來覺得怎麼那麼假？或那麼討人厭，就會刪掉重來。

林 我的眾角色們都不算討喜，甚至也不太愛跟人開口講內心。為什麼不開口說內心？因為讀者是看著他們人生，角色是不會忽然轉過來說內心的。但，所有的文字都是對話。我會讓我的眾角色們充滿各種味道與觸覺，哪個角色擁有俗爛香氣，哪個角色擁有油膩味，哪個角色摸起來黏黏的，我會做出這些細節，讓這些細節更直接展現角色特徵。

當確認好這些角色的模樣，接下來確認聲腔。講話習慣長句或短句都有差別，而這些對話的模式與習慣並不是單方面的。擁有些經濟與地位的男人習慣講長句，但他犯錯時會講短句。甚至在不同關係中，講的話也有所不同。這些有所不同時，得保有角色的聲腔，聲腔是一開口，讀者就知道是哪位角色講話。像是家人喊「吃飯了」那般的召喚效果，才是我心目中最好的對話形塑。

純粹為自己而寫或為某人——寫作時，是否有意識地考慮讀者的感受或期待？

劉 寫作時幾乎不會考慮讀者，特別是小說。會顧慮的只有跟之前寫過的東西比起來怎麼樣？是不是重複了？有沒有做出新的東西？有沒有進步？當然，如果有些延續的元素、角色或風格，而讓之前的讀者感到熟悉、親切、喜歡，這或許就算是符合了讀者的期待。

但我更希望自己是每次出手都可以拿出新東西的作者，讀者會感到新奇、爽快。我先與我作品中的角色並肩同行，然後我寫完之後先從這條路上撤離，到下一條路，但這時作品完成、讀者加入了，角色會陪伴他們一起往前走。正如我也是在許多經典小說裡的人物的陪伴下走到了今天。

林　我覺得自己很笨，是因為我不擅長挑戰讀者。我的小說不會巨大反轉也不會講很多詭計，甚至有時開頭就知道結尾。追求與角色共感，是我身為作家與讀者同時想要達到的事。我會有意識地思考各種文章的目標讀者為誰。我知道很多人會說要為自己而寫呀，要寫出自己愉快的文章呀，這些話聽起來就令人有點不爽，邊講出這些話時，像是為別人而寫或是讓別人愉快的文章是種墮落與媚俗。

我寧願展開看似難易度很低卻讓人深陷不已的陷阱，也不願展開深不見底卻破洞百出的領域。寫作是說話，寫作是溝通，寫作是你我互相凝視的瞬間。我會寫很複雜的文字，但我很少寫了，為什麼？笨之外，也不想裝成很聰明的樣子，那不是我，如此而已。

不只是喜歡寫，還要一直寫下去——

對於剛開始創作短篇小說的新人作家，有何建議？

劉　先借用韓國導演李滄東的話：「你需要時刻想著如何在膠卷上簽名，如何證明這膠卷是你的而不是別人的。這可能是通過你自己的個人風格、你看待世界的方式或你自己的敏感性。即使它看起來很笨拙，但如果它能讓人們記住你的名字，它就會給你繼續拍電影的力量。」

不要在意正在流行什麼。不要在意會不會得獎。不要害怕孤獨。勇敢正直地走自己的路。要把能寫小說當作最幸福的事，得獎、暢銷、被喜歡等等都是其次。按照自己的步調走，但紀律也很重要。要好好生活，好好吃，好好睡，最好可以練習瑜伽。要有信心，寫完之後要覺得自己怎麼那麼會寫。再借用日本導演北野武的話：「自己必須是自己的第一個粉絲。」

林　不要跟流行地去寫作，先想想自己的身份有什麼可以動用的世界。抓取那世界的時間與節奏，如同芙莉蓮的世界裡，時間節奏是異於人類世界的。魚販的日夜不同於上班族的日夜，找出自己（作者本身）與角色的時間差異與節奏。你不用喜歡自己的所有角色，但你要熟識他們。

此外，發表作品不一定要在文學獎，請多投稿。如果你只是要讓人看到你的作品而已，請多投稿。不管是文學獎或是投稿，都會有一定的規範，請把它當成練習，不要鄙視或是把它當成唯一一條路徑。時時焦慮，時時比較，有時會想不寫也沒差吧，但如果你有話還想寫，那就繼續寫吧。小說是完整偽裝的社群媒體，會有人聽到你的偽裝，當有人想揭穿偽裝時，就說這些都是小說吧。

小說家 VOL.2

作　　者　劉梓潔、林楷倫、沐羽、李璐、趙鴻祐、劉子新、陳禹翔
副總編輯　黃少璋
特約企劃　黃冠寧
封面設計　蕭旭芳
排　　版　黃暐鵬

出　　版　惑星文化／遠足文化事業股份有限公司
發　　行　遠足文化事業股份有限公司（讀書共和國出版集團）
231新北市新店區民權路108之2號9樓
郵撥帳號：19504465　遠足文化事業股份有限公司
電話：(02)2218-1417
信箱：service@bookrep.com.tw

法律顧問　華洋法律事務所　蘇文生律師
印　　刷　成陽印刷股份有限公司
出版日期　2024年12月初版一刷
定　　價　340元

I S B N　978-626-99277-2-2（紙書）
9786269898787（EPUB）
9786269898794（PDF）

小說家. VOL.2／劉梓潔，林楷倫，沐羽，
李璐，趙鴻祐，劉子新，陳禹翔著
－初版.－新北市：惑星文化，
遠足文化事業股份有限公司，2024.12
面；公分.
ISBN 978-626-99277-2-2（平裝）
857.61　　　　113017886

COFFEE LAW
COFFEE
LAW